湖畔诗文丛刊

诗词三百首

严永光——著

中国书籍出版社
China Book Press

图书在版编目（CIP）数据

诗词三百首/严永光著.—北京：中国书籍出版社，2020.2

（湖畔诗文丛刊）

ISBN 978-7-5068-6670-5

Ⅰ.①诗… Ⅱ.①严… Ⅲ.①诗词—作品集—中国—当代 Ⅳ.①I227

中国版本图书馆CIP数据核字（2020）第019620号

诗词三百首

严永光　著

责任编辑	刘舒婷　刘　娜
责任印制	孙马飞　马　芝
封面设计	中联华文
出版发行	中国书籍出版社
地　　址	北京市丰台区三路居路97号（邮编：100073）
电　　话	（010）52257143（总编室）　（010）52257140（发行部）
电子邮箱	eo@chinabp.com.cn
经　　销	全国新华书店
印　　刷	三河市华东印刷有限公司
开　　本	710毫米×1000毫米　1/16
字　　数	287千字
印　　张	16
版　　次	2020年1月第1版　2020年1月第1次印刷
书　　号	ISBN 978-7-5068-6670-5
定　　价	95.00元

版权所有　翻印必究

说说心里话

今年 5 月 11 日，我在福建顺昌县山松大酒店，和好友在谈诗词出书时，他说：你还得写个自序。我不假思索地回答：好。谁知第二天从"万佛石窟"返回衢州后，一连几星期都动不了笔。天呐，一个平平淡淡的老人，既没有惊天动地的一刻，又没有值得炫耀的一生，从哪"序"起，如何去"序"？又能"序"什么？虽说一生还言之过早了那么一点，然而，毕竟已攀"古来稀"的时光，所剩时间无几。可"序"还得"序"呀。再三思下，还是从个人简历说起吧，毕竟这就是我的历史。

1949 年中秋那天，我出生在滨海城市大连。童年的记忆是那么的模糊，又是那么的稀少。只能隐隐约约记起海边、木屋、马车、地窖和一个象水渠一样的长长的石坝。母亲说我小时候很乖，很好带，就喜欢坐在这石坝上，静静地望着前面的海。1954 年随父母从东北军区转业到浙江常山县，从此，就在这座美丽的小山城里（建县已近 1800 年的天马镇），度过了我的青春。

生活给我留下了许多不可磨灭的记忆，最让人难以忘怀的是小学的班主任曹昆英老师。是她，在启蒙阶段就把我引向了热爱文学之路。那时，由于我被选为班长，经常要出入老师的办公室送班里的作业本、代老师传达要求等，和老师的关系特别密切。老师有时有事，也会把她的三岁女儿交给我带。记得老师再三对我说："语文是一切学科的基础，你一定要学好，长大了你就会明白。"尽管那时理解不了，可不知怎的，我语文成绩一直都非常的好。我真的特爱曹老师。

初中一年级时，原浙江化工学院的教授叶向日老师在常山养病，恰好就只教我们班的语文。至今我还记得在上第一课"长征"时，叶老师就在黑板上潇洒地写下"长征"二字，老师激情洋溢地讲着长征的背景、意义，把我们带进了那些艰苦卓绝的雪山与草地。一堂课鸦雀无声，同学们的情绪都随着老师的激情而起伏，我被叶老师征服了。何至是我，下课后全班同学都在热烈地议论着，那可真是一种享受。就连后来接着教我们的吴老师也曾在课堂上说过：他也要拜叶老师为师。要知道，吴老师教课也是非常受欢迎的。

谁知，到了第二个学期的某一天，叶老师告诉我，他要回杭州了……我的心仿佛缺了什么。有一段时间，我总会躲在操场的傍山角落里，默默地流泪。往后，往后我也只有和老师书信来往了。有次老师回了我八页信纸，把中国四大名著一一地进行讲解，希望我从中汲取文学的营养。（这些珍贵的信件在1968年都遗失了。）直到现在我还在想，老师为什么要如此善待我这样一个平凡的学生，他在期待什么呢？

1965年我被金华供销学校（中专）录取。正当家里已给我改装好了一只木箱，准备去外地上学时，碰上县电厂也恰好在招工。父亲说，三年读出来后，虽说是干部，可还不如做工人好，有一技之长。于是，我就放弃了读中专，去电厂做了学徒工。在厂里，经过几个月的劳动锻炼，我被派往福建省永安火力发电厂培训。1966年初，也就是培训半年后，又回到了县狮子口火力发电厂。那几年，我做过司配、主值、值长、厂劳动力总调、工会副主席等职。1981年我又被调到县电力公司任职教专干、工会专职副主席。1983年我又被调到县企业整顿办公室任副主任。在这期间我又于1984年从电力公司被调到县劳动人事局，正式转为国家干部。1985年国家机构改革设立衢州地级市，我又被调到衢州市政府办公室任工业市长秘书。1990年又任计经科副科长。其间，还下派到企业任总经理等职。1996年3月从市政府办公室退休至今。让人惊喜的是，在翻简历时发现，我1984年还参加过金华地区文联，任常山县文联文学组理事。

回忆，总是让人心潮澎湃和专注。写到这，我的思绪又慢慢地回到了初中时。记得，初三时，我固执地认为英语无用，竟在英语课上看小说，和老师关系也越来越差，到毕业考试时只考了个59分。也就是这门课的不及格，我肄业。在杭州的叶老师得知后，当即来信说：你，真不应该……我哭了。老师第一次狠狠地批评我，也让我进行了深刻反思。幸好，在接下去的几个月的中考复习中,我豁了出去,玩命地补课学习,终于考取了中专。这件事给我留下了一个深刻的教训,可回想起来,我还是要感谢那个不及格。就是一次不及格,无形中逼迫着我,促使我刻苦地学习,让我学会了如何进行有效地自学。从此,我没有放松过任何自学的机会。文学、哲学、政治甚至日语,我都能兴致勃勃地去学。有时也会冲动地写点东西。当然,只要是沾上文学的边,我更会有一种莫名的激动。

那时,只要能找到的书,我就会千方百计地去借来读,可时常缺我想要的书。幸好山西刊大出现了,我毅然报名读了。人民日报函授,我也报读并结业了。1983年电大汉语言文学招生,单位只允许我报单科,凭着三年一门一门的考试,竟然也于1985年8月毕业了。

回想起来,与国家同龄的我,感谢祖国,感谢那个时期创造了一个又一个的学习机会,使我能系统地进行语言文化知识的学习和训练。虽说比别人晚点,也属有两个女儿的爸爸辈了,可这段经历,总算让我补过了一段美好的时光,也让我可以向曹老师、叶老师……这些我尊敬的人说一声:我终于努力过了。学吧,学无止境的。我总觉得只有这样,将来在走向终点时,虽说会有遗憾,但绝不会后悔。因为我真正的尽力啦。

在这逐步学习、逐步提高的过程中,我越来越爱上了汉字,越来越体会到汉字的形体美、音韵美、词汇美,越来越爱上了传统文化,尤其是到了晚年,更是痴迷唐诗宋词元曲。

在我国传统文学中,韵文形式的诗词蕴藏着无穷的魅力,最能体现出中国汉字动人的力量。当你把字按律进行排列后,你就会发现一种美,一个你想要表达的意境。我也会在探究什么是诗词中流连忘返,也会纠缠诗词的定义,是不是可以用"意境中的填字造句,用以抒情表意的韵文"来表述,等等。总之,在诗词上,我就是愿意花很多时间胡思乱想。

从我们老祖宗留下的唐诗、宋词、元曲来看,那些真是瑰宝呀。尤其是宋词,发扬光大了唐诗。我爱宋词,爱这流淌着梦和追求的韵文,爱这刀尖上的歌唱。因此,我也照着填,这也是我对传统国学的一种实践吧。尽管我想把自己对生活的爱和感受进行再体现,也小心翼翼添进了当今的语言元素,但总是放得不够。我已过了名利的年龄了,不是为名,更不是为利,放不开可能还是对诗词的理解造成的。对当前议论纷纷的"韵争",

虽说我诗词仍用《平水韵》和《词林正韵》，词谱采用《钦定词谱》，但我绝对赞成《中华新韵》，因为时代总是在向前发展，用韵也必须与时俱进。在格律上，我尤为赞成马凯老师的"求正容变，求真出新"的论述。这才是诗词发展繁荣的方向。

在我填的诗词中，很大一部分都是在赞美祖国的山山水水，歌颂为国家默默贡献的英雄。有人说，宋词是叙男女之情的，当然是。可赞美祖国、歌颂英雄，难道不是更大的情吗？如果诗词不能和祖国联系在一起，不能歌颂那些为国家默默贡献着的英雄，不能赞美我们可爱的祖国，那意义又何在？没错，我坚持着。

我知道，诗词是要和鉴赏结合起来，才能碰撞出火花的，才能达到传播的效果。作为作者，总是喜欢得到中肯的评价和作品的传播。这是作者情感的一种共享。然而，凡事都会有特例。假如得不到喜欢，那么，就让这本书成为我的一个特殊的记载，记载了我对诗词的向往，记载着我对祖国的热爱吧。

是为序。

严永光
2019 年 5 月 30 日

目录

五律·红鸥滇鸣 …… 1
五律·富民远眺 …… 1
五律·学城村景 …… 2
五律·蝉声依旧 …… 2
五律·北寨花醉 …… 3
七绝·断桥鸳鸯 …… 3
七绝·情寄枫叶 …… 4
七绝·兰溪送友 …… 4
七绝·樟叶飘过 …… 4
七绝·风光在心 …… 5
七绝·终南石刻 …… 5
七绝·元宵三吟 …… 6
七绝·陶公两首 …… 6
七律·曲满人凉 …… 7
七律·清明由来 …… 7
七律·燕叹春城 …… 8
七律·夜起春雷 …… 9
七律·红梅争开 …… 9
七律·燕劳雀闹 …… 10
七律·江郎之春 …… 10
七律·秋游惊叹 …… 11
七律·天道情真 …… 11
七律·清明郊外 …… 12

1

七律·为夏正名	12
七律·峨眉报国	13
七律·导弹又起	13
七律·清明新祭	14
七律·峨眉佛院	14
七律·西湖欢庆 G20 峰会（二首）	15
七律·移地情怀	16
七律·端午思湘	16
七律·茶马古道	17
七律·乌石登高	17
七律·游饭甑山	18
七律·衢州创"文"	18
七律·三农天大	19
七律·秋送文峰	20
七律·西湖夜话	20
七律·大盘山丽	21
七律·泰山独尊	22
七律·黄河长江	22
暗香·海宁怀古	23
拜星月慢·英师淦昌	24
薄幸·秋咏昆仑	25
长相思·铁壁南海	26
长相思·霸道颜衰	26
长相思·明女湘兰	27
长相思·腊八节浓	27
春风袅娜·三衢石林	28
春风袅娜·512 坚强	29
春从天上来·仙娥泪下	30
春从天上来·老兵走好	31
捣练子·中缅边界	32
点绛唇·游鹿鸣山	32
点绛唇·茶马乡情	33
点绛唇·如此无题	33
蝶恋花·少年英烈	34

蝶恋花·瞻仰江姐	34
蝶恋花·来年再看	35
蝶恋花·愧对梅树	35
蝶恋花·秋来忧唱	36
蝶恋花·苏正扫腐	37
东风齐著力·总总新民	37
多丽·泰山独尊	38
飞雪满群山·港珠澳桥	40
飞雪满群山·一枝梅灿	41
飞雪满群山·海棠依旧	42
凤凰台上忆吹箫·石家庄有感	43
高阳台·三衢新春	44
高阳台·莲花农丰	44
高阳台·国宝于敏	45
桂枝香·更路簿传	46
桂枝香·国庆难忘	47
桂枝香·梵音禅心	48
桂枝香·泉州之夜	49
桂枝香·漫话杭州	50
桂枝香·祭祀想起	51
国香·永怀护密	52
国香·守岛夫妇	53
国香·英雄归来	54
喝火令·竹林香送	55
喝火令·李煜悲诉	56
喝火令·剑啸秦汉	56
喝火令·蓝天溜溜	57
贺新郎·G20 峰会	58
鹤冲天·海神纬禄	59
画堂春·浪客思乡	60
换巢鸾凤·秦岭韵红	60
解语花·外滩夜景	61
解语花·精忠报国	62
解语花·药王山浪	63

锦缠道·三亚海岛	64
锦缠道·云南寻甸	64
锦缠道·中秋寻路	65
金盏倒垂莲·豪杰九章	65
浪淘沙令·悲乐无语	66
临江仙·双港公园	67
临江仙·西湖风光（G20峰会）	67
满江红·国旗卫士	68
满江红·阅兵南海	69
满江红·江山有你	70
满江红·建军献歌	70
满江红·警钟长鸣	71
满江红·血洒彼岸	72
满江红·陵园少年	73
满江红·三十年祭	74
满庭芳·西赴沙漠	75
满庭芳·感恩军人	76
摸鱼儿·挚友远去	77
摸鱼儿·扬眉斥霸	78
木笪·桑榆满寨	79
南歌子·阅尽东风	79
南歌子·眺望西湖	80
南歌子·家乡重阳	80
南歌子·伴友授课	81
南歌子·百年校庆（上海财大）	81
念奴娇·辞梅心碎	82
念奴娇·红河建水	82
念奴娇·春城天貌	84
念奴娇·钱塘弄潮	85
破阵子·雪夜盼春	86
菩萨蛮·洞郎军人	86
菩萨蛮·西窗夜读	87
菩萨蛮·农桑常记	87
卜算子·和顺古镇	88

卜算子·大唐丝路	88
卜算子·大雁情真	89
卜算子·寺庙所见	89
卜算子·泰山茶香	90
卜算子·游宿桥溪	91
卜算子·茶浓景多	91
卜算子·彝族火把	92
卜算子·中秋无题	92
绮罗香·滇杭风水	93
齐天乐·伯牙绝弦	94
齐天乐·泰山年丰	95
齐天乐·两岸聚首	96
齐天乐·游千岛湖	97
齐天乐·山城见闻	98
千秋岁·枫黄落下	99
千秋岁·老有所乐	99
千秋岁·三去龙潭	100
青玉案·秋来春忘	101
青玉案·农工兄弟	102
青玉案·头雁艰辛	102
青玉案·海口两问	103
青玉案·再踏山城	104
青玉案·一村两国	104
青玉案·南垄夏日	105
青玉案·荷曲声漫	106
青玉案·冰凌花上	106
清平乐·衢州南湖	107
清平乐·斑鸠惊飞	107
沁园春·海峡乡愁	108
沁园春·浙江欢迎您	109
沁园春·南春北雪	110
沁园春·闽游霞光	111
沁园春·伟哉韶山	112
沁园春·南京笛鸣	113

沁园春·人醉滇狂	115
沁园春·四十春秋	116
沁园春·献给七一	117
鹊桥仙·人民名义	118
人月圆·回家过年	119
瑞鹤仙·幸福何来	119
瑞鹤仙·聚画开封	120
瑞鹤仙·冬咏昆仑	121
山花子·西双版纳	122
上西楼·荫翠峡谷	123
疏影·天下迎春	123
疏影·稼轩魂归	124
疏影·恰东篱堂	125
疏影·中秋月儿	126
疏影·开放灿烂	127
疏帘淡月·菏泽古今	128
水调歌头·祖国华诞	129
水调歌头·思友潜经	130
水调歌头·滇草也艳	131
水调歌头·精准扶贫	132
水调歌头·衢江沿景	133
水调歌头·神泉彝乡	134
水调歌头·苏州水城	135
水调歌头·梅忆七夕	136
水调歌头·游哀牢山	137
水调歌头·中秋阅史	138
水调歌头·三沙如画	139
苏幕遮·双港红月	140
苏幕遮·海村渔歌	141
苏幕遮·不见君来	141
苏幕遮·天明候女	142
苏幕遮·清明祀烈	143
苏幕遮·一声叹息	143
苏幕遮·痴情醉夜	144

诉衷情令·痴女梦断	145
诉衷情令·梦回延安	145
踏莎行·风雨好了	146
踏莎行·万物有序	147
踏莎行·烂尾该休	147
踏莎行·烂柯初冬	148
踏莎行·君子难求	148
踏莎行·登峰感慨	149
踏莎行·秋来总忧	149
踏莎行·想回老屋	150
踏莎行·景色忧人	150
踏莎行·宣威烈陵	151
踏莎行·春秋相望	152
踏莎行·常山古景	152
踏莎行·怨郎声声	153
踏莎行·花城飘雪	154
踏莎行·儒城铁府	154
探春令·雀梅树冷	155
唐多令·三去石林	155
天仙子·佛笑凡尘	156
天仙子·芦苇情守	157
天仙子·秋雨正浓	157
天仙子·玉溪庄园	158
望云间·天眼仁东	159
望云间·长城傲立	160
望海潮·独游双港	161
五福降中天·雄起华为	162
相见欢·烂柯传奇	162
西湖月·大帅光亚	163
喜迁莺·山溪朋缘	164
喜迁莺·去燕今回	165
新雁过妆楼·学森归来	165
新雁过妆楼·夜思远航	166
雪梅香·青春不老	167

雪梅香·长江两岸	168
玉女迎春慢·创"文"换貌	169
眼儿媚·滇疆春色	170
谒金门·午后郊游	170
谒金门·避雨山寺	171
谒金门·长征路走	171
谒金门·药山雪松	172
谒金门·春景难忘	172
谒金门·万田夜风	173
谒金门·岸边城楼	173
谒金门·鸳鸯浪破	174
谒金门·府山心乱	174
谒金门·怨苦何问	175
谒金门·醉愁乡情	176
谒金门·草黄花落	176
谒金门·石梁一景	177
夜飞鹊慢·灯光景秀	177
一丛花·伟岸稼先	178
一丛花·红楼好了（一）	179
一丛花·西游痴了（二）	180
一丛花·水浒反了（三）	180
一丛花·三国淹了（四）	181
一丛花·创文轻骑	182
一斛珠·梦起百年	183
一斛珠·黄山云海	183
一剪梅·携友九乡	184
忆江南·演变落空	185
忆王孙·江郎山叹	185
忆秦娥·忠国英魂	186
忆秦娥·洞朗欢捷	186
忆秦娥·燕翔南海	187
忆秦娥·府山别友	187
忆秦娥·哀悼同胞	188
映山红慢·新年欢起	189

渔家傲·九月大理	190
渔家傲·峨眉金顶	190
渔家傲·守望国土	191
雨霖铃·大悟心迹	191
雨霖铃·秋风袭人	192
御街行·凌波仙子	193
御街行·伟哉屈原	194
御街行·中秋忆师	195
御街行·人生轮回	195
御街行·秋月繁星	196
御街行·雪映独梅	197
御街行·师道情深	197
御街行·赣州莲丰	198
御街行·感恩天地	199
御街行·思君朝暮	199
御街行·送兔迎鸡	200
玉连环·风情开甲	201
玉漏迟·赣州老区	202
玉漏迟·情洒郑州	203
早梅香·国忠希季	204
章台柳·秋杏望天	205
昼夜乐·好景人护	205
昼夜乐·衢州踏春	206
昼夜乐·战士昼夜	207
昼夜乐·滇池七夕	207
昼夜乐·相会七夕	208
昼夜乐·天柱安庆	209
昼夜乐·望夫云怒	210
烛影摇红·花牵谷香	211
烛影摇红·红色不忘	212
烛影摇红·红色延安	212
祝英台近·凄夜字思	213
祝英台近·七夕鸳鸯	214
祝英台近·世纪之恋	215

紫玉箫·寒去春来	215
醉花阴·游梅花垄	216
醉花阴·戏说沙德	217
醉花阴·黄昏夜思	218
醉太平·鸣鹿山遁	218
醉花阴·景农不忘	219
夏日燕黉堂·荷路公园	219
鹧鸪天·欢下丽江	220
千秋岁·二下丽江	221
鹧鸪天·三下丽江	221
踏莎行·四下丽江	222
鹧鸪天·五下丽江	222
疏影·春	223
解语花·夏	224
沁园春·秋	225
沁园春·冬	226
沁园春·宋城千古情	227
昼夜乐·楼兰千古情	228
沁园春·衢州千古情	228
沁园春·三亚千古情	230
沁园春·云南千古情	231
减字木兰花·一上金殿	232
苏幕遮·二上金殿	233
水调歌头·三上金殿	234
水调歌头·四上金殿	235
后　记	236

五律·红鸥滇鸣

滇池伴翠山，
绿水见鸥还。
远影疏灰羽，
长鸣落紫湾。
飞来多巧媚，
遁去小刁蛮。
指日花悠地，
登天又走关。

注释：

鸥：红嘴鸥。每年约4万只红嘴鸥从西伯利亚飞抵昆明滇池越冬。

2015年12月17日

五律·富民远眺

云涂翠岭茫，
雾绕壁添裳。
画外山光悦，
尊前林噪肠。
苔荒千缺水，
草乱一崖凉。
小路斜弯去，
真情恐品尝。

注释：

富民：云南昆明下辖县之一，地处滇中。自古为川藏、滇北入滇的重镇，素有"滇北锁钥"之称，今有昆明后花园的美誉。

2017年7月2日

五律·学城村景

飞莺踏峻林,
露鹤候佳音。
欲奏霓裳曲,
无言弹古琴。
三家生紫气,
两院伴风吟。
远看金红冉,
滇池万里心。

注释:
1. 露鹤:指鹤,因其性机警,闻露滴声响即鸣,故称露鹤。
2. 霓裳曲:又名《小霓裳》,原为民间器乐曲牌《玉娥郎》,最早由杭州丝竹艺人移植,稍有发展。
3. 三家:呈贡大学城坐落地吴家营、郎家营、缪家营自然村落地界。
4. 两院:呈贡大学城东边是一大片丘陵水果基地,基地建设有餐饮娱乐农家大院。

2015年12月18日

五律·蝉声依旧

雨撼古城欣,
雷鸣暮夏醺。
蝉声依旧在,
寄语半空勤。
梦里枝悠挂,
生前柳下焚。
来年音再吐,

唱起万霞云。

2017 年 7 月 10 日

五律·北寨花醉

风清万里凉，
啸起叩东墙。
遍地黄争秀，
谁家酒自香。
田园花已醉，
郊外月流光。
共话山村好，
欢来北寨乡。

2016 年 9 月 28 日

七绝·断桥鸳鸯

清风总是落河残，
雨后鸳鸯不喜单。
已远三潭桥坝去，
飞姿恰似小船欢。

注释：

桥坝：西湖断桥。

2017 年 6 月 8 日

七绝·情寄枫叶

高阳焰照叶催红,
隔岸风摇坠路东。
夜静星疏寻一片,
秋情倾注卷书中。

2018 年 10 月 15 日

七绝·兰溪送友

小鸟枯枝上下惶,
车烟远去守心凉。
无端雪堕庭前路,
此别兰溪有冻霜。

注释:
兰溪:浙江省兰溪市。

2017 年 1 月 29 日

七绝·樟叶飘过

水汇衢江樟叶流,
奔腾不息下杭州。
相逢恐就此时了,
忆起文峰古码头。

注释:
1. 衢江:位于浙江省衢州市境内,是钱塘江源头。

2. 文峰：属浙江省下属常山县。县内标志性古建筑文峰塔。

2017 年 6 月 1 日

七绝·风光在心

青山碧水紫花幽，
冷艳苍茫万木秋。
莫说千香佳丽地，
风光总是伴心游。

2017 年 6 月 4 日

七绝·终南石刻

老子终南师道地，
莲花洞寺向来凄。
雨消河淌悬梁处，
隐见诗人石刻题。

注释：

1. 老子：姓李名耳，春秋末期人，中国古代思想家、哲学家、文学家和史学家，道家学派创始人和主要代表人物。称"太上老君"，在终南山楼观台讲授《道德经》。

2. 莲花洞：指终南山的莲花洞。

2018 年 8 月 3 日

七绝·元宵三吟

(一)

一夜春风万水冰,
新年醉去再无承。
衢江皎月依然媚,
却盼开颜十五灯。

(二)

十五灯红月绽清,
欢歌却又伴愁声。
中东战乱何时了,
老幼凄凉血泪撑。

(三)

血泪撑天悲愤怒,
情怀安定五洲馨。
人间绿野东方曲,
我抚琴弦送北星。

注释:

1. 衢江:位于浙江省衢州市,是钱塘江源头之江。

2018 年 2 月 20 日

七绝·陶公两首

(一)相望陶公
阳坠霞飘钟晚安,
花魂零落夏摧残。

风飙莽野送清雾,
远望陶公南岭欢。

(二) 陶公也泪
南湖庙隐寺钟撞,
碧野花疏早已伤。
骤雨空天飞啸起,
陶公也泪北山庄。

注释:

陶公:指陶渊明。

2017 年 6 月 12 日

七律·曲满人凉

再返春城意气萧,
云悠北岭恰香涧。
今来雨满溪桥断,
昔去风姿涧水飘。
万树无言催白鬓,
千花静默忆青苗。
惮心梦就歌天助,
曲尽人凉暮色焦。

2017 年 12 月 17 日

七律·清明由来

深山介子国民忧,
赤血丹心万古流。
岁暮遗言魂乱地,

人生操守火红州。
清明自此成时节,
寒食于今事已休。
淡利昨宵情不冷,
东风尽语百花柔。

注释:

介子:指介子推。春秋时晋文公重耳流亡,途中又累又饿,随臣介子推从大腿上割下一块肉为重耳煮汤,重耳得知后感激涕零,晋文公即位后封赏群臣时却忘了介子推,介子推则不慕名利隐居绵山,重耳追悔莫及火烧绵山以寻找,事后却发现介子推背着老母死在一颗老柳树下,并留下遗言"割肉奉君尽丹心,但愿主公常清明",为纪念介子推,晋文公将当天定为寒食节。

2019年4月4日

七律·燕叹春城

长烟总是聚西南,
绝色珠玑碧黑潭。
万里滇池翻浪笑,
一行褐雁舞风酣。
石林小草依青壁,
轿子山花落道庵。
帝殿红颜俱寂静,
圆通紫燕古今谈。

注释:

1. 轿子:轿子山。位于昆明东川区西南与禄劝县分界处,是国家级自然保护区。
2. 帝殿:昆明金殿。
3. 圆通:圆通寺。位于昆明市区圆通街,是昆明最古老的佛教寺院之一。

寺庙始建于唐朝南诏时代，有1200多年的建寺历史。

2017年6月25日

七律·夜起春雷

昨见残枝淋墨淡，
今奇挂满嫩芽珠。
春雷唤起垄边草，
夜雨惊回树上濡。
恬静东篱成意境，
峥嵘大地配芳图。
自然恩赐欢香泽，
倍惜天公我不辜。

2019年3月22日

七律·红梅争开

雪压梅枝展艳容，
涛声旷野尽飞蒙。
花连岭外千山白，
柳靠溪边一水葱。
不管风云何变故，
唯求日月度初衷。
南村向晚争开满，
点点含春笑以红。

2019年1月2日

七律·燕劳雀闹

云开雨断燕双飞,
剑舞横斜立马归。
万里迁家多寂苦,
千巢在育小芳菲。
邻园雀噪红檐乱,
老屋灵流紫影威。
念旧生涯何日了,
秋风啸起又南挥。

2016 年 4 月 3 日

七律·江郎之春

密雨随风又下洲,
清溪绿岭抱春流。
田间早吐黄花色,
垄上初开翠柳羞。
杜老云来诗万颂,
江郎远去赋千悠。
蓬莱百圣惊呆眼,
此处光鲜可醉游。

注释：

1. 江郎：浙江省衢州市江郎山的美丽传说中的江郎。
2. 杜老：唐朝大诗人杜甫。

2018 年 3 月 1 日

七律·秋游惊叹

蓬门荜户伴池莲,
画栋雕梁候燕眠。
垂柳千条飘客晓,
清风一路送云烟。
秋阳水岸回川落,
暮景丛林转碧泉。
小鸟惊飞窝乍起,
浮空映月满心怜。

2017 年 8 月 23 日

七律·天道情真

岁末流云勤变换,
南阳北雪瞬时怔。
江河冷暖天无晓,
正义悲欢地自明。
子野何堪常谏语,
桓伊岂奈弄筝声。
花黄终是随风去,
松翠山川还了情。

注释:
1. 子野:师旷,字子野,山西洪洞县曲亭镇师村人,春秋战国著名音乐师。
2. 何堪:怎能忍受,岂可,哪里能。用反问的语气表示不可。
3. 桓伊:《晋书·桓伊传》载,晋代右将军桓伊是当时音乐第一人,擅长吹笛,一次晋孝武帝命其在宴会上吹一曲,他吹奏后请求再弹筝一曲,伴着筝曲桓伊吟诗一首,为遭奸人诬陷的宰相谢安鸣不平。

4. 岂奈：表无奈之意。

2017 年 12 月 22 日

七律·清明郊外

又是清明断万魂，
云天故里忆情恩。
芳枝小鸟鸣悠曲，
彩蝶柔风舞旧温。
默去临花歌紫殿，
归来对柳赋黄村。
人生百事随心取，
大地飞春逐梦存。

2018 年 4 月 5 日

七律·为夏正名

山风壑啸落平川，
寂寞文豪曲乱弦。
尽唱春花秋柳月，
何知夏火果蔬天。
阳焦斩断千虫害，
雨暴倾连万里泉。
笑对冤言情不悔，
流光照旧舞新篇。

2017 年 6 月 14 日

七律 · 峨眉报国

子柏盘山锁绿晨，
苍天万里暖风频。
红墙碧刹光明照，
紫阁陀仙智慧身。
自古多歌儒侠士，
而今尽颂蠢财神。
良辰好景千虚误，
淡了人间奋斗春。

注释：

峨眉报国：指四川峨眉山报国寺，位于四川峨眉市峨眉山麓的凤凰坪下。"报国寺"匾额为康熙皇帝御题。

2017 年 7 月 14 日

七律 · 导弹又起

狼烟四起泪中东，
战火连年一片蒙。
魔兽遮天添愤恨，
遗孀扑地哭家翁。
花园锦绣恸灰烬，
殿阁河川飘黑风。
老少齐心歌抗击，
哪能惨死血流穷。

注释：

2018年4月13日晚，美英法对叙利亚导弹空袭，老人、儿童又倒在血泊中。即赋。

2018年4月13日

七律·清明新祭

悲凉怅诉向红云，
热泪长流已古君。
北去高台尊烈士，
南来战地忆三军。
飞灰不断鞭声响，
旷野无边草木熏。
一曲鲜花新祭祀，
春风掠水普天欣。

2017年4月4日

七律·峨眉佛院

禅林昨夜雨频起，
前殿薰烟辗转追。
数点飘云今弄影，
千颜翠叶画青眉。
凄凉小草低头诉，
暗淡红花落地悲。
静寺长空流隽语，
披黄岁伴善心随。

注释：

峨眉佛院：峨眉山佛学院。位于峨眉山大佛禅院内，由四川省佛教协会主办，峨眉山佛教协会承办，是以佛学为基本学科的四川省汉语系佛学院。院训为"智、行、悲、愿"，是我国西南地区著名的高级佛学院。

2017 年 7 月 12 日

七律·西湖欢庆 G20 峰会（二首）

（一）

九月西湖夜淡眠，
鸳鸯点水掠云天。
东坡举酒欢歌颂，
陆羽分茶润白烟。
岳穆闻声频赞好，
英台伴侣舞新泉。
杭城故事真悠韵，
我敬诸君赋一篇。

（二）

再说灵山昏佛霸，
无因宝寺恋人鞭。
羲之豹变千珍墨，
居易龙飞万笔连。
十里青松言不尽，
三潭彩鹤话多绵。
相容力致春风处，
四海大家寰宇妍。

2016 年 9 月 1 日

七律·移地情怀

门前翠色连年有，
遇到家迁总犯愁。
野外花归寻紫燕，
田间雨落唤斑鸠。
双溪绕岸梅香放，
斗室依山杏树搂。
远景情怀儿女辈，
城搬向往梦春秋。

2019 年 3 月 30 日

七律·端午思湘

雨碎云浓露彩光，
风欢喜进逸和堂。
来时伴母闲家话，
去后随情竟悚惶。
屈子沉江悲国楚，
贾生对酒赋潇湘。
英魂树下溪桥忆，
我愧红尘混日郎。

注释：

1. 屈子：屈原别称。春秋战国时期，楚国诗人屈原被流放时，曾在汨泉江畔的玉笥山上住过，痛感救国无望，投江而死。
2. 贾生：贾谊别称。贾谊为汉之才俊，所作《吊屈原赋》凄婉哀怨。

2019 年 6 月 7 日

七律·茶马古道

风霜石板显春秋，
古道痕蹄万古流。
酒饮寒溪孤梦里，
茶烹峭壁一身悠。
繁华往事荒烟尽，
寂寞今生落叶休。
岁月无情人静老，
归时抚起马鞍柔。

注释：

1. 茶马古道：指存在于中国西南地区以马帮为主要交通工具的民间国际商贸通道。

2. 石板：云南凤庆县古镇楼梯街上，至今留有一块块被马蹄踏穿的青石板，印刻着千年马帮文化的痕迹。

2017年6月22日

七律·乌石登高

翠染清泉古道芳，
英雄儿女赤旗彰。
千秋慧庙鎏金绣，
一代明贤遗墨香。
杏落梅山黄浩海，
云飞柳岸绿苍茫。
初心切记新征路，
七十登高瑞气翔。

注释：

乌石：原名漆山。位于江山市、常山县、柯城区三县交界处，村口有千年子母古樟树，山间有道济大师手植银杏三株，树龄已达 1100 余年，山上有乌石寺（又名：福慧禅寺）。宋时岳飞题壁、张浚题壁，明时宋濂撰《杰峰悍师愚公塔碑铭》等，是闽浙赣皖最有影响力的庙会之一，建有衢州市民革纪念亭。

2018 年 2 月 1 日

七律·游饭甑山

远指平川笑翠江，
昔年古道种农桑。
清泉碧涧通云海，
峭壁丹霞壑里秧。
不说桃溪千白鹭，
唯闻饭甑满青香。
环天日暮容幽景，
一地花颜尽管尝。

注释：

饭甑山：位于衢州市衢江区全旺镇境内，距衢城 28 千米，主景区 1000 余亩，是一处集地质、地貌、生态为一体的综合性景区，以丹霞地貌、火山岩地貌和岩溶地貌相近而显特色，现已建立省级白鹭保护区。

2018 年 2 月 15 日

七律·衢州创"文"

云朦雾白涂山下，
红袖青年露顶巅。

古苑纵横披柳嫩，
斗潭缭绕冒花鲜。
樱台一径垂枝处，
石景多人笑影虔。
创建文明诚有礼，
大儒南孔铸新篇。

注释：

1. 衢州创"文"："全国文明城市"是由中央文明办牵头、每三年一届的评选表彰活动。衢州市自2015年7月全市召开创建全国文明市动员大会以来，不断创新、不断进步，如今道净花香，文明处处。
2. 斗潭：衢州柯城区斗潭公园，位城北处。
3. 南孔：指衢州。南宋时，孔子第四十八世孙袭封衍圣公孔端友率族人随高宗南下，赐家于衢。宋亡后，元忽必烈让孔氏后裔由衢回山东，衢州孔洙以其先人在衢为由不去山东，让爵山东孔氏，衢州一族从此定居。衢州孔庙世称孔氏南宗家庙。

2019年2月28日

七律·三农天大

小院梅欢舞雪天，
人间锦绣唱新年。
村翁笑说栽芳草，
赋客羞言种大田。
寄意南丘桑野好，
多情北岭涧枝翩。
歌声一路千般喜，
挺起三农百事妍。

2018年12月30日

七律·秋送文峰

杏满层山焰火开，
盆花菊圃送香来。
文峰塔倚黄金谷，
武殿霞流碧画台。
俯看平川烟雾绕，
仰瞻绝顶忆桃栽。
家乡续着儿时梦，
旧境随风老曲猜。

注释：

1. 文峰塔：系六角七层楼阁式砖塔，高 29.5 米，位立常山县天马镇。
2. 武殿：武当行宫，建在文峰塔西边的古建筑群，现仅留一处改为常山县书画院。

2018 年 11 月 1 日

七律·西湖夜话

星光点点倚寒宫，
碧水微微漾暖风。
落日西湖香柳瘦，
断桥北外暗尘红。
近邻紫阁灵峰处，
远眺孤山泽浪中。
试把春花秋夜寄，
谁容美妙此时终？

注释：

1. 断桥：指西湖断桥位于白堤东端，是西湖著名景点之一。《白蛇传》故事的发生地，即白娘子许仙断桥相会处。
2. 紫阁灵峰：千年古刹灵阴寺。
3. 孤山：西湖风景区旁，著名景点。在唐宋时已闻名遐迩。
4. 终：终了、结束。

2017 年 6 月 27 日

七律·大盘山丽

赤岭祖山云抹断，
偏流塔顶傲松翔。
银河直下千丝抱，
曲壑遥浮栈道镶。
圣帝迎来红蜡火，
天池送去白烟茫。
当初避害攻书处，
今已修成度夏廊。

注释：

1. 大盘山：位于浙江省金华市磐安县，国家级自然保护区。磐安大盘山有昭明院、千米隧道、千年古松及大盘山风景区等景点。
2. 圣帝：南梁昭明太子（萧统）避谗隐居于大盘山，后人为纪念昭明太子治病救人，接济乡民的美德，于唐咸通八年（867）始建，现坐南面北，三进建筑，内塑昭明太子像。相传昭明太子读书排忧处，洞内一股细泉从石水壶壶口滴出，下有承滴之盆，终年不溢，旁有石棋盘、石棋子等，十分奇特。

2019 年 6 月 20 日

七律·泰山独尊

五岳独尊描赤石，
雨淋阳晒抗流风。
平川突起苍山殿，
绝顶欣添泰岭宫。
子帝当年心事问，
人民今日梦魂通。
春开历史新时代，
美满生涯展彩虹。

注释：
子帝当年心事问：帝王接踵到泰山封禅致祭，刻石纪功。自秦汉至明清，历代皇帝到泰山封禅27次，借助泰山的神威巩固自己的统治，使泰山的神圣地位被高抬到了无以复加的程度。

2019 年 6 月 30 日

七律·黄河长江

长龙浩荡黄河伴，
一路青山绿水祥。
两岸新城楼万座，
千舟古垒梦中航。
沧浪绝壑逆风泛，
暴雨连天海燕翔。
几处残尘流照暮，
安宁锦里闪星光。

注释：

长龙：指长江。

2019年7月1日

暗香·海宁怀古

曲江浪魄。
自海城醉了，
奔流无克。
万啸撼涛，
汇水飞潮楚天惑。
真是春雷爆炸，
千里震、声惊欢色。
岸外秀、步进林园，
幽处看碑刻。

煊赫。
享祖泽。
府邸转院田，
此地情扼。
望薇抚石，
仙鹤依亭炼丹客。
痴念残香旧阁，
人起舞、心弹琴瑟。
品好景、君已古，
顿随月默。

注释：

1. 海宁：隶属于浙江省嘉兴市，位于中国长江三角洲南翼、浙江省北部，东邻海盐县，南濒钱塘江。海宁之名，始见于南朝陈武帝永定二年（558），寓"海洪宁静"之意。其境内名胜"钱江涌潮"，自唐宋便已盛行，闻名国内外，

"八月十八潮，壮观天下无"，至今仍吸引八方宾客一睹涌潮奇景。
2. 曲江：指钱塘江。
3. 海城：指海宁城。
4. 府邸：指陈阁老宅。

2017 年 1 月 23 日

拜星月慢·英师淦昌

大杰英师，
淦昌雄汉，
七十年科技领。
浙大庭园，
播桃梅花杏。
伴三代，
背负、明霞灿烂初放，
育托人才民敬。
赋著新书，
与时东风骋。

世间消、独寂瑶沙岭。
深知晓、剑出长虹静。
眷恋祖国安危，
独无儿温冷。
满园香、注目前沿景。
春窗倚、斩断狂魔颈。
汉石铸、手掌乾坤，
寸心红似镜。

注释：

王淦昌（1907 年 5 月 28 日—1998 年 12 月 10 日）：中国核科学的奠基人和开拓者之一，中国科学院院士，两弹一星功勋。1934 年 4 月先后在山东大学、浙江大学物理系任教授。计 20 年教授生涯，正直无私，倾心传授，培育了三代科学家。1961 年受命秘密参加原子弹研究工作。70 年的科研，可谓是以身许国铸丰碑。

2018 年 12 月 2 日

薄幸·秋咏昆仑

万山龙祖。
阆苑是、西神玉府。
翠烟下、瑶池宫殿，
圣境碧粼鸿柱。
玉虚峰、霄汉人间，
横空旷莽麒麟赴。
紫烁彩虹边，
鸾翔莺唱，
道尽心情暗诉。

已览了、东边望，
只有叹、兴游自度。
乱红显霸气，
时光恰好，
不来真就平生误。
断伤心吐。
见秋风掠起，
低听草野回声怒。
飞花不管，
续向昆仑首路。

注释：

1. 万山龙祖：指昆仑山。中国西部山系主干，横贯新疆、西藏，直伸延至青海境内。神话传说是天帝在地上的都城。

2. 西神母府：指昆仑山神西王母娘娘的居住地瑶池。

3. 阆苑：阆风之苑简称。《集仙录》载，西王母所居宫阙，在阆风之苑，有城千里，玉楼十二。
4 首路：上路出发，犹路途。

2016 年 11 月 7 日

长相思·铁壁南海

衡山骄。
泰山骄。
骄鹫迎风万里翱。
东南海岸嘹。

岁潇潇。
醉潇潇。
醉看天边关大鳌。
问君何路逃。

2017 年 1 月 27 日

长相思·霸道颜衰

荜渔洲。
蟒渔洲。
洲上鸣蛙不怕羞。
奸蛮两面搂。

叶飕飕。
雨飕飕。
雨后晴天成烂蜉。
帝都颜色抠。

2017 年 1 月 26 日

长相思·明女湘兰

明秦淮。
艳秦淮。
淮女湘兰多看开。
窗前望月哀。

怨楼街。
愁楼街。
愁失真情困了才。
持花含泪猜。

注释：
1. 湘兰：马湘兰（1548—1604）。明代的女诗人、女画家。

2015 年 4 月 3 日

长相思·腊八节浓

月又濛，
寺又濛，
濛尽山川万树浓。
人间祭腊冬。

日融融，
暮融融，
暮久终舒春见彤。
铁城飘彩绒。

2018 年 1 月 24 日

春风袅娜·三衢石林

借溪山青起,
趁早迎春。
江絮乱、岭花欣。
走南坡、只见谷河羞闭,
有风吹水,
滔起悠纹。
玉兔依岩,
龟仙巍顶,
雾隐黄鹂声却频。
已立三衢道中壁,
门前依塑赵公君。

芳草香飞暗处,
追寻往事,
杜鹃寨、猎古知新。
金关道、玉长津。
虽偏景小,
姿震红尘。
碧野清泉,
翠涯柔草,
状元帷幔,
语录销魂。
情闲方坐,
叹人生梭度,
霞烟蓦绕,
双眼飞神。

注释:

1. 三衢石林:位于浙江衢州中国胡柚之乡常山县城北约 10 千米的辉埠镇,

国家 AAAA 级景区，是浙江省衢州市的母亲山，面积为 13.49 平方千米。三衢山同时又是奥陶纪晚期（4.4 亿年前）的一个巨大的古生物礁，三衢山因生物礁和优美岩溶地貌的结合而珍贵。

2. 赵公：铁面御史赵抃。

2015 年 3 月 15 日

春风袅娜·512 坚强

十年尘埃后，
翠染桑田。
来映秀，
去花莲。
望前方、遍野果蔬成岭，
蝶欢蜂语，
雏燕飞椽。
学子书声，
豪翁琴韵，
岁月悠悠天地妍。
彩绚风光绣堤柳，
黄莺松鹤唱青川。

虽说崖峰似画，
心头却忆，
士何在、铁骨军连。
郎娃礼，
敏姨娟。
鸿鹰一跃，
惊世流传。
梦里回春，
眼前新夏，
幸逢芳草，

又见清泉。
怀情诗赋，
送黄花幽祷，
辰时恰奏，
雄起山巅。

注释：
1. 映秀：汶川大地震中心映秀镇。
2. 青川：四川盆地北部边缘，浙江省对口援建县。
3. 郎娃：郎铮。在被战士急救中，三岁的孩子感恩地敬了一个标准的军礼，感动中国。
4 敏姨：蒋敏。中共党员，民警，第七届中国十大女杰之一。大地震时，蒋敏11名亲人遇难，她强忍悲痛，坚守岗位，战斗在维稳抢救第一线。
5. 英鸿跃下：2008年5月14日，为准确掌握灾情，空降兵某部15名官兵冒险从5000米空降灾区，察看灾情，为精准抢救提供信息保障。
6 辰时：早上七点到九点。

2018年5月12日

春从天上来·仙娥泪下

环宇飞奔。
叹四号嫦娥，
落背惊魂。
故里来客，
月殿迎亲。
娥子喜泪漫裙。
说乡间凡事，
问老少、姐妹何人。
话多欢，
似莺声急急，
鸾舞频频。

夫家太平换貌,
翠草满天涯,
赤紫花邻。
碧锁楼园,
霞飞丘壑,
华夏四季常春。
百年江山变,
红阳照、焕发精神。
早先闻。
崛起东方美,
今日同耘。

注释:
四号嫦娥:2019年1月3日10时26分中国"嫦娥四号"探测器自主着陆在月球背面南极——艾特肯盆地内的冯·卡门撞击坑内,实现人类探测器首次月背软着陆。

2019年1月3日

春从天上来·老兵走好

心裂催挛。
叹霸道幽神,
主宰生年。
梦里依旧,
现实何缘。
昨日喜乐潇眠。
乍今天哀了,
尽昏转、鼓瑟悲怜。
老兵消,
似江崩地裂,
海陷河颠。

红尘百情翻忆,
舞锦绣春秋,
攻克时艰。
戎马人生,
儒风清灿,
归路带走花妍。
自冬来无力,
虚岁月、憔悴难言。
看桃源。
一派清凉界,
风起花虔。

2019 年 3 月 12 日

捣练子·中缅边界

河水静,
绿山飙。
径野香花两处招。
南去北来欢喜驻,
太平歌起缅中遨。

2017 年 4 月 3 日

点绛唇·游鹿鸣山

一马斜川,
踏歌云漾青青草。
鹿鸣欢了。
岸柳纤纤袅。

翠舞天涯,
笑语春来早。
江水啸。
碎风依闹。
潇洒沿溪道。

2018 年 3 月 1 日

点绛唇·茶马乡情

古道雄风,
暮阳残照翻红晕。
路岖山峻。
铁踏春秋印。

长扼滇黔,
留下苍茫韵。
榕树觑。
万嘘千问。
寨老欢安顿。

2017 年 5 月 10 日

点绛唇·如此无题

小雨琉璃,
酷消汗水流多少。
碧宫欢告。
阆苑莺来绕。

秋忘炎威,
屏翳才知道。
风不啸。
一声真恼。
还是天凉好。

注释:

屏翳:古代传说中掌管云、雨的天神。东汉文学家王逸《楚辞章句》题押说,云神,丰隆也,一曰屏翳。

2017 年 9 月 5 日

蝶恋花·少年英烈

直上青天挥泪问。
寂寞垂髫,
任是凭身殉。
孕妇哪堪阴暗进?
幼儿何罪终生捆?

忆蝶误栏英少奋。
无奈情辞,
飞去光明吻。
此幕揪心人暗忖。
拈花醉舞谁魂窘。

2015 年 5 月 8 日

蝶恋花·瞻仰江姐

江姐谷中遭害处。

紫气飞云，
腾起春风驻。
当下寒冬芳草雾。
偏宜暖月鸾来度。

山外传来孩子步。
旗舞天涯，
崇敬丹心诉。
理想共怀魂不负。
少年喜走中华路。

2016 年 12 月 6 日

蝶恋花·来年再看

西子荷花游上岸。
霖雨连天，
绿叶枝折断。
淅沥胡敲多少叹。
黄霉难料青梅灿。

茄紫笋红浮土散。
下挂残垂，
风荡凄凉伴。
有恨怒飙终是晚。
来年再种邀君看。

2017 年 7 月 14 日

蝶恋花·愧对梅树

寒后花丛闲觅草。

骨瘦孤单,
北院亭梅小。
无奈数移全瞎扰。
依然枝铁朝天啸。

花尽不开依却傲。
装点初春,
虽说心伤了。
默望景时悲苦笑。
方知恋树痴情少。

2017 年 5 月 30 日

蝶恋花·秋来忧唱

南里秋风黄叶上。
一野红尘,
满目芳悠状。
江浦柳烟清水望。
阁廊蕉影双池赏。

何处飘香醪送爽。
当醉文君,
又逸陶公享。
欲赋不知情去向。
对河尽是忧愁唱。

注释:

1. 香醪:美酒。
2. 文君:卓文君。西汉时期蜀郡临邛人,汉代才人。
3. 陶公:陶渊明。东晋末至南朝宋初期伟大的诗人,辞赋家。

2017 年 8 月 22 日

蝶恋花·苏正扫腐

莲绕姑苏风雨灿。
瑞鹤飞松,
绿尽长江岸。
新曲唱廉天下愿。
留园含笑民心盼。

常扫枯枝花草绚。
伸手惊崖,
格笼凄凉伴。
去腐正弦根斩断。
清香万里芳魂展。

注释:
1. 姑苏:苏州,古称吴,简称苏,又称姑苏。
2. 留园:位于苏州阊门外留园路,与苏州拙政园、北京颐和园、承德避署山庄并称中国四大名园。
3. 格笼:意指牢房。

2017 年 4 月 18 日

东风齐著力·总总新民

花季心哀,
山川情泪,
国失风神。
功名铸就,
一辈上天人。
四老当今走了,

虽仙逝、就恋腾云。
丛中笑，
红旗寄月，
朝拜新民。

九殿已开尘。
征雁急、制高远处前巡。
踏平绝壁，
莫落后无门。
幸喜空间建站，
东方路、忍苦耕耘。
来回易，
千山秀色，
万水腾春。

注释：

1. 任新民（1915年12月5日—2017年2月12日）：我国两弹一星元勋之一，中国科学院院士。我国导弹总体和液体发动机技术专家，中国导弹与航天技术的重要开拓者之一。曾作为运载火箭的技术负责人领导了中国第一颗人造卫星的发射；曾担任试验卫星通信、实用卫星通信、风云一号气象卫星等6项大型航天工程的总设计师，被亲切地誉为是航天的"总总师"。于2017年2月13日逝世，享年102岁。

2. 四老：任新民、屠守锷、黄纬禄、梁守槃并称为"中国航天四老"。

2018年12月6日

多丽·泰山独尊

立奇峰，
泰山雄武松魁。
走天楼、仙宫碧苑，
界门好险风吹。

避人多、圣街寂静，
丹青染、一树成帷。
岱庙庄严，
凭高望远，
气昂身旧态仍辉。
半腰雾、绕崖终断，
大地景梳眉。
鹰云处、老藤攀壁，
回首争飞。

又来愁、犹生赋意，
太需灵气添扉。
岳阶描、用何段子，
皇台吟、须酌情归。
左右相疑，
方知岛瘦，
奈何全路客须陪。
突笑起、脑开顿悟，
翘指楚碑威。
欢心赞，
"独尊"二字，
雨雪依偎。

注释：

1. 岱庙：位于山东省泰安市泰山南麓，俗称"东岳庙"。始建于汉代，是历代帝王举行封禅大典和祭拜泰山神的地方。

2. 独尊：即五岳独尊。历经百年沧桑的"五岳独尊"四个字是正楷书体，系清光绪丁未年间（公元1907年）由泰安府宗室玉构题书。五岳是中国五大名山的总称，一般指东岳泰山（位于山东）、南岳衡山（位于湖南）、西岳华山（位于陕西）、北岳恒山（位于山西）、中岳嵩山（位于河南）。岳为群山之尊，泰山为五岳之长。

3. 岛：指贾岛。

2016年9月6日

飞雪满群山·港珠澳桥

世纪心龙,
中华圆梦,
一桥横跨三川。
港香重振,
濠江争耀,
万鸥喜唱珠湾。
大图豪气绘,
践行路、惊奇化坚。
海波微步,
城月新道,
温暖烁飞烟。

多少坎、当时寻客苦,
四处飘阴雨,
伤了诚虞。
毅然自力,
寒梅几度,
锁春斗夏开妍。
望伶仃洋处,
欢腾起、潮头啸天。
晚秋红景,
青山绿水添醉颜。

注释:

1. 港珠澳桥：指港珠澳大桥，是连接香港、珠海、澳门的超大型跨海通道，全长55千米为世界最长跨海大桥。2018年10月23日习近平主席宣布正式通车。
2. 港香：香港。
3. 濠江：澳门别称。

4. 珠湾：珠海。

5. 伶仃洋：又称零丁洋，位于广东珠江口外，为一喇叭形河口湾。北起虎门，南达香港、澳门。

6. 寻客苦：建桥初期，寻求国际帮助困难重重。

2018 年 10 月 23 日

飞雪满群山·一枝梅灿

雨雪交加，
寒风来去，
一枝熨上黄梅。
细条骨瘦，
销魂弄影，
夜伴明月宫闱。
四边无彩玉，
竟然是、花丛俊魁。
带霜欢拥，
嫣然颜笑，
犹问凭何追？

因记得、南山寻艳草，
看尽春天木，
移种欢回。
刚柔齐展，
轻盈纤素，
暗存铁锁烟灰。
断痕疤伤处，
如今节、新芽黛催。
白冰中傲，
多情致远孤放辉。

2018 年 12 月 5 日

飞雪满群山·海棠依旧

北鹤腾云,
东风温霭,
海棠依旧西园。
盛开纯白,
眉清粉赤,
几回梦里情还。
泪挥明月静,
翠蛾也、宫前倚栏。
主人仙去,
厅香不减,
回首一声安。

花院里、莺歌流鹤舞,
定是春来早,
追忆心虔。
烛光耀目,
松梅添彩,
感怀绣起新篇。
目今江水绿,
又山翠、惊叹换颜。
大潮向势,
周公笑语遥上天。

2018 年 3 月 1 日

注释:

西园:西花厅,位于中南海西北角,是周恩来总理和夫人邓颖超同志生前工作处所和居室。院内有曲廊、小亭、假山、荷花池、苍松翠柏等,庄严而神圣。

凤凰台上忆吹箫·石家庄有感

潮海东流,
太行西望,
岭高平壑丹丘。
忆子龙英色,
碧血雄虬。
鏖战怀端后帝,
惊魏武、赞叹魂丢。
千军涌,
银枪晃眼,
匹马风流。

神州。
众多国杰,
虽荡世添芳,
只卸君愁。
伟大风云诞,
西柏坡沟。
挥写人民宗旨,
唯此起、新定春秋。
中华路,
当今赤红,
步挺昂头。

注释:
1. 子龙:三国赵云。
2. 魏武:三国曹操。
3. 只卸君愁:只是为君王消愁。

2017 年 5 月 26 日

高阳台·三衢新春

残雪全消,
东风不远,
如期万树颜开。
云把春涂,
鸟何啼忉天来。
郊原一地青芽伴,
鹿鸣山上景苗皑。
蝶蜂飞,
满口香闻,
满地花台。

衢州自古儒城铁,
况连绵孔氏,
名赫天街。
再看山田,
竹桑子野耕栽。
桔青飙绿千村际,
岁熟时、黄赤多谐。
盼君临,
醉了河川,
醉了心怀。

2018 年 3 月 11 日

高阳台·莲花农丰

晨雾寒绵,
清风冷噤,

急催茂叶梳妆。
兴去莲花，
赏心收获时光。
婆娑野草清溪水，
远客频、倾注农桑。
垄前游、子穗含羞，
爆满金黄。

痴情万里云中景，
是天韶着彩，
地秀来粮。
秋暮人家，
依然飘伴芬香。
神仙羡慕凡尘艳，
驾云车、连叹逢昌。
奏瑶琴、曲载和平，
共谱新章。

注释：

莲花镇：位于浙江省衢州市衢江区东北部，距市区 27 千米，是第二批全国特色小镇。镇上建有现代农业休闲观光园。

2017 年 10 月 12 日

高阳台·国宝于敏

于敏英才，
中华铁骨，
一生血悍传奇。
自去沙丘，
三番危病伤肌。
壁荒大漠来回转，

月映霜、国宝开基。
闯高端，
踏遍风云，
摘取珠玑。

平生入夜残消睡，
痛肠吟诗赋，
尽挺星移。
多事之秋，
悠然欢唱情怡。
攻坚难点青春去，
化成云、长伴红旗。
倚山头，
奏曲新歌，
献给天梯。

注释：

于敏（1926 年 8 月 16 日—2019 年 1 月 16 日）：中国核物理学家，国家最高科技奖获得者，两弹一星功勋。2018 年 11 月入选百名改革开放杰出贡献对象。在研制氢弹的过程中，于敏曾三次与死神擦肩而过。于敏最大的爱好是中国历史，古典文学和京剧。至少有 30 年于敏靠古诗词入眠完成 6 小时的睡眠。

2018 年 12 月 6 日

桂枝香·更路簿传

阳腾海峤，
恰碎涌金粼，
似火霓照。
纵岸天边直望，
灿波飞耀。
千帆扬起西沙里，

舞红旗、曼声喧啸。
万程鸥伴,
悠云尚起,
簇芳晨早。

念祖辈、风尘竟道。
叹更路相传,
环宇稀宝。
赤血心连古国,
奏争荣耀。
蓝天碧水欢流去,
见砗磲深处龟绕。
老人葵翠,
旅人蕉绿,
客人颜笑。

注释：

1 更路簿：《南海更路经》，已列为第二批国家非物质文化遗产名录。是我国南海民间自明清以来文字和口头相传的南海航行路线、岛礁知识，更是三沙主权自古中华的历史证据。

2. 砗磲：是一种软体动物门双壳纲的海洋动物，被称为"贝王"。我国主要分布在台湾和南海各岛礁。

3. 老人葵：丝葵，是美丽的风景树。

4 旅人蕉：高5—6米，叶二行排列于茎顶，像一把大折扇，叶片长圆形似蕉叶。

2016年10月12日

桂枝香·国庆难忘

英碑耸立,
见傲啸天空,

雄起神奕。
浩气秋高肃穆，
锦花鲜熠。
少年队伍红旗卫，
沐阳光、幸多芳滴。
缅怀心敬，
眼含热泪，
鞠躬朝壁。

祀烈士、山川默息。
话血火风云，
酷暗残昔。
一路惊涛骇浪，
命拼全力。
浮雕追溯情潮海，
玉台呈现寸心迹。
我躯捐国，
万民解放，
尽欢今日。

2018 年 10 月 1 日

桂枝香·梵音禅心

风登岸涌，
望远客泪流，
心闷哀痛。
人老穷虚百病，
耳惊神悚。
夕阳欲坠残红里，
暮流光、却西山捧。
布衣何奈，

隐居小舍,
捻须难动。

忆往昔、追欢逐宠。
叹鹰落南涯,
悲恨莺懂。
一抹三涂苦去,
佛经终拥。
禅心何处随天意,
梦尘生行善香送。
本无朝暮,
是君赋予,
后依浓颂。

2015 年 7 月 22 日

桂枝香·泉州之夜

繁星皓月,
恰北塞雨频,
东南歌节。
宾客风儒雅坐,
鼓音方烈。
沉香玉罩熏烟直,
古弦声、扣心通穴。
夜深星散,
东西怅望,
暗怀悲切。

念赋客、情柔意迭。
叹融景诗起,
笛鹤怡悦。

身喜琵琶,
律动竟然无歇。
醉扶栅槛愁言笑,
翠秋吟、来首飞越。
聚欢忧去,
虞韶清唱
杳茫谁接。

注释:
1. 虞韶:虞舜时的《韶》乐,指古乐。
2. 杳茫:指渺茫、迷茫。

2017 年 8 月 28 日

桂枝香·漫话杭州

新风点柳,
恰步望月潭,
隐出舟首。
花港波平断坝,
铁箫欢奏。
繁华过尽孤愁里,
唱英台、似逢年久。
晚灯山翠,
安仙塔矗,
倩蛇依旧。

恐雾散、西湖不秀。
叹鹏落棠头,
红鲤翻扣。
烟雨情初吻地,
蕾芽还瘦。

背山夜半鹃声唤,
劝春回、齐舞红袖。
岳飞南麓,
栖霞丹绕,
北峰谁走。

2017 年 5 月 15 日

桂枝香·祭祀想起

尼山府悦,
正敲响典钟,
南北声烈。
云帐飞烟碧幕,
淡浓清澈。
中庸德礼春秋战,
大同篇、珠玑依铁。
上庭安国,
下民定本,
古今无缺。

看家庙、林间杏绝。
叹古色洋溢,
论语精杰。
历代初心于此,
颂情真切。
蓦惊道法无名誉,
落尘风漫诉流月。
两厢俱是,
中华瑰宝,
怎能偏抉。

注释：

尼山府悦：借指孔氏家庙，是1852年由孔子后裔创办的百年古校。学校取名"尼山"，即取孔子之字"仲尼"和名"丘"之意而得。

2018年9月29日

国香·永怀护密

爱在天帷。
永怀遭难日，
痛失芳菲。
万民断肠轻唤，
影去魂回。
绝地千花繁锦，
变春画、满野金梅。
风云四十载，
剑鼓苍穹，
颐指宫魁。

旧痕心暗忆，
铁残人已灭，
胸揣文归。
生前何想，
祈愿山水霞晖。
别了妻亲独女，
不悲伤、事定腾飞。
香飘梦扬起，
笑畅声郎，
日月相随。

注释：

1. 郭永怀（1909年4月4日—1968年12月5日）：我国著名力学家、应用数学家、空气动力近代力学事业奠基者之一。1968年12月5日因机毁逝世殉职，是唯一获得"两弹一星功勋奖章"称号的烈士。遇难时他和警卫员牟方东紧紧拥抱在一起，当人们费力将其分开时，才发现那装有绝密文件的公文包安然无损地夹在他俩人胸前。在场的人跪地长哭，周总理得知痛哭不已，良久不语。郭永怀夫人李佩回国后，举办了国内首期应用语言研究生班，为该学科在国内正式建立做了开拓性的工作，被誉为"中国应用语言学之母。"

2018年12月5日

国香·守岛夫妇

小岛旗扬。
继才夫妇在，
守海瞭望。
一生伴随潮壁，
岂怕风狂。
自语青春算起，
树皆大、坐晚清凉。
前哨载天责，
寂寞相依，
三十霞光。

如今人北去，
独飞花梦晓，
后辈闻香。
颂歌心赤，
为国血气忠肠。
万里鸥声寻觅，
不见君、无力悠翔。
新楼落成喜，
背后城红，
依站前方。

注释：

1. 守岛夫妇："岛"即开山岛，位于黄海灌河口，邻近日本、韩国公海交界处，面积0.013平方千米的小岛。地势险要，被称"战略国防岛"，新中国成立后直至1986年均由一连队驻军。大裁军后，由26岁民兵队长王继才、队员王仕花成立"夫妇哨所"，二人担负守岛责职。2014年中宣部授于王继才、王仕花"全国时代楷模"称号。2015年2月11日迎新茶话会上，习总书记接见王继才时说："辛苦了，辛苦你们了！" 2018年7月29日王继才逝世，王仕花继续无怨无悔坚持守岛。

2. 新楼：现在开山岛已建成爱国主义基地。

2018年8月2日

国香·英雄归来

鸾伴英魂。
泪洒桃仙处，
倾国迎君。
清明万花排墓，
七十归欣。
岱岭苍茫绿透，
酹清酒、豪迈重温。
山河正义在，
日月流光，
景色迷春。

沈阳陵里陌，
路长人涌动，
礼敬吾亲。
中华儿女，
遥忆血战江邻。
笑看家乡无恙，

喜泣游、虎啸星尘。
红旐盖锦盒，
亮彻天涯，
鼓舞三军。

注释：
1. 桃仙：沈阳桃仙国际机场。
2. 英雄归来：2019年4月3日央视全程直播第六批在韩国志愿军烈士遗骸归国仪式，迎接英雄回归祖国！
3. 岱岭：指泰山。
4. 笑看：指归国英烈笑看。

2019年4月3日

喝火令·竹林香送

酹月惊涛起，
寻芳又撞墙。
运交华盖杏花黄。
依旧淡然随意，
垂柳绿阴凉。

载酒听风啸，
飘舟映白妆。
彩云江塔倚山望。
笑看横枝，
笑看鹭西翔。
笑看竹林深处，
大野送清香。

注释：
华盖：古星名。俗有华盖星犯命之说，称交华盖运。鲁迅《自嘲》有"运交华盖欲何求,未敢翻身已碰头"诗句。

2017 年 5 月 29 日

喝火令·李煜悲诉

万里忧声断,
三椽寸步惶。
一园秋色醉心墙。
孤独暗消亭里,
惆怅泪成江。

帝业贪欢客,
河山趁势黄。
问天无语月寻芳。
恨尽雕栏,
恨尽小楼堂。
恨尽杏红春色,
倚树看夕阳。

注释:
李煜:南唐最后一位国君,世称南唐后主。其词"问君能有几多愁?恰似一江春水向东流"被后人称为"血泪之歌"。据说宋太宗闻后令其毒死,可谓是绝命词也。

2015 年 9 月 15 日

喝火令·剑啸秦汉

岁月风流路,
秋潇万里川。
染红天际把云还。

持剑再歌秦岭，
雄起血飞翻。

锦瑟琴瑶赋，
攀登翠碧山。
远方龙虎揽狂澜。
奋起长空，
奋起百年弦。
奋起五洲沧海，
汉鼓闹归銮。

2016 年 3 月 14 日

喝火令·蓝天溜溜

大海千帆矗，
蓝天万里戎。
一声鸣起蔽寒宫。
南北凯旋豪杰，
飞啸缚苍龙。

踏灭云帘堵，
冲围网落空。
射狼天眼舞神功。
剑向宫川，
剑向暮西风。
剑向九霄荒影，
铁血唱英雄。

注释：

蓝天溜溜：今天，四十架战机飞向蓝天。

2016 年 9 月 25 日

贺新郎·G20峰会

月上黄清澈。
沐江溪、杭城都染，
季风飞惬。
飘向楼台花香处，
还有青苔攀迭。
曲苑闹、三潭更烈。
几处粼波金滟荡，
向里湖、疑似追飘叶。
看万态，
意千阅。

乾坤转眼流星缺。
皓秋临、断桥旖旎，
运河帆接。
今我天堂胸怀敞，
峰会灵山送悦。
四海友、丹心才铁。
凡界太平何时到，
二十家、目注谁何挈。
环宇事，
已新页。

注释：

1. G20峰会：这是一个国际经济合作论坛，于1999年9月25日由八国集团的财长在德国柏林成立，于华盛顿举办了第一届。属于非正式对话的一种机制，由原八国集团以及其余12个重要经济体组成。2016年9月4—5日在中国杭州召开。

2. 运河：大运河。

2016年9月4日

鹤冲天·海神纬禄

沙翻大壁，
呼啸沉云外。
受命国危时，
心澎湃。
扎进荒漠去，
情意定、心身概。
潜地飞天采。
十年一剑，
巨浪震惊苍海。

先前日夜多辛载。
白手艰苦试，
浮沉态。
忆起初功水，
还记得、南京待。
满是坑洼迈。
如今明月，
自豪照亮天界。

注释：

黄纬禄（1916年12月18日—2011年11月23日）：安徽芜湖市人，中国著名火箭与导弹控制技术专家和航天事业的奠基人之一，是"两弹一星"功勋奖章获得者，国际宇航科学院院士，中国首枚潜地导弹总设计师，中国第一艘核潜艇副总设计师，中国陆上发射井液体战略导弹副总工程师，水下核潜艇固体潜地战略导弹总设计师，陆上机动车固体战略导弹总设计师和地空导弹武器系统总设计师，知名导弹专家，被誉为"巨浪之父""东风-21之父""航天老总"。

2018年12月7日

画堂春·浪客思乡

诗文流月又新年。
堪今搁下书笺。
看人生百态千颜。
暖语情圆。

梦断苦时津渡,
忆来留泪山川。
故乡梅早舞清泉。
浪客心癫。

2016 年 12 月 27 日

换巢鸾凤·秦岭韵红

常忆莺春。
恋花开柳袅,
草茂萍粼。
绿溪飞细浪,
碧野起烟云。
遥闻歌起大宫门。
曲随意来从容可欣。
清江绕,
断界处、鸟飞人隐。

天喷。
山水粉。
怀梦抱芳,
堪喜桃园进。

雁越高峰，
鹤悠松壁，
河鹭孤舟频遁。
芳草风光咏情归，
野花烟雨云天顺。
流霞柔，
向秦川、醉起红韵。

2017 年 1 月 27 日

解语花·外滩夜景

归舟大港，
海上明珠，
秋月凌波景。
色光流滢。
外滩夜、莫不绮楼高挺。
柔灯送影。
南浦里，红欢紫酩。
七彩弦、宛似征帆，
乘暮飘流滢。

伫看筑群心冷。
抚石墙寒逼，
前史如镜。
丹沉云静。
楚天望、满目尽花驰骋。
韶华复映。
俯仰久、栏边细听。
风拂来、津渡浮香，
赤起东方醒。

注释：

1. 筑群：外滩矗立52幢风格迥异的古典复兴大楼，素有"万国建筑博览群"之称。
2. 津渡：渡口或渡河。这里指外白渡桥。
3. 赤起：太阳升起。这里指新中国成立。

2017年10月26日

解语花·精忠报国

英雄映地，
鼓角冲天，
碑陵崇高竖。
岳飞祠墓。
面西湖、瞻祀亲临埋处。
岁寒去诉。
悲肠断、恨情雷怒。
怀念君、往事千秋，
怅望山河悟。

秦桧日夜跪铸。
害忠良罪孽，
万年遭吐。
一身名侮。
忆前史、振奋人间情愫。
无哗月暮。
浪淘起、泥清沙露。
花满香、华夏依然，
我踏红云路。

2016年9月8日

解语花·药王山浪

东溪淌水，
北岭辽风，
欢去药山苑。
赏花别晚。
峰尖碧、蜀鸟血啼弥散。
吐红壑灿。
梦湖处、天香柳岸。
来小盅、独饮三杯，
事了忧愁缠。

联想煜君词颤。
洒一江春水，
哀恨连惋。
掩门惭叹。
寸心裂、总念返京大殿。
呜呜泣唤。
唯称帝、事真难办。
横竖休、天地依悠，
浪滚红尘断。

注释：

1. 蜀鸟：相传蜀主杜宇，号望帝，死化为鹃，故称蜀鸟，亦称杜鹃。因其对故国不忘，每每夜深哀啼，乃至泪尽啼血，而啼的血便化成杜鹃花。

2. 煜君：即李煜，南唐最后国君，世称李后主。

3. 药山：指药王山。位于浙江省衢州市南黄坛口乡，地处紫薇山国家森林公园，是一个得天独厚的度假旅游胜地。相传炎帝在此采药，留有"神农谷"，后有李时珍、扁鹊、华陀等相继在此采药居住，留有"药王居"遗址，故名药王山。

2017 年 3 月 13 日

锦缠道·三亚海岛

北向泉岩,
铁马骋驰风伴。
别高楼、海风悠岸。
岛崖逾壑樵渔侃。
忘却繁华,
是醉星光灿。

上川溪水清,
九霄鹏唤。
踏初冬、翠花寻烂。
宿屿村,追忆人生道,
草凋霜度,
绿野丰年看。

2016 年 12 月 31 日

锦缠道·云南寻甸

六哨彝乡,
地涌万年泉水。
望山坡、翠帘云媚。
半峰烟染清香桂。
白鹤闲悠,
阅尽花争魅。

走村庄赏青,
醉听莺对。
雁多情、伴飞南北。

问友人、今夜归何处？
笑言随你，
顶好回山背。

注释：
六哨：云南寻甸县六哨乡，美丽传说中的高山崇岭，彝族居住地。

2017 年 1 月 20 日

锦缠道·中秋寻路

满目娟黄，
锦色暮郊含笑。
望银河、月明星闹。
瑞秋宫醉琼楼耀。
喜合团圆，
万里平安报。

倚栏湖赏云，
影皆流倒。
恨清风、带来惊扰。
已犯愁、尘事消无迹，
我寻来路，
只有盘光照。

2017 年中秋

金盏倒垂莲·豪杰九章

江水孤舟，
絮烟飘断落，

我祀英魂。
泪湿哀飞,
绿景映红春。
远岸是、风摇垂柳,
楚山青翠涂新。
万里大雁,
多情仰啸翔云。

生平九章怀忆,
咏精忠报国,
勤苦耕耘。
后辈腾龙,
豪气满天巡。
爱国路、心红千走,
士甘无悔忠纯。
圣地海驿,
香花拜敬星神。

注释:
赵九章(1907年10月15日—1968年10月26日):中国著名大气科学家,地球物理学和空间物理学家,中国动力气象学创始人,东方红1号卫星总设计师,1999年9月18日被国家追授两弹一星功勋奖章。赵九章培养了众多科学人才,他勤于治学,热心育人,是多学科的开拓者。2010年7月1日赵九章先生铜像落成于中国科学院地质与地球物理研究所。

2018年12月4日

浪淘沙令·悲乐无语

烟幕绕亭江。
惆怅情忘。
风涛卷起小溪凉。

柳绕岸沿缥缈影,
照旧飘香。

往事费思量。
长叹韶光。
梦惊残照半垂窗。
笛曲纵平幽寂月,
悲乐何妨。

2017 年 1 月 19 日

临江仙·双港公园

美人蕉嫩晨曦早,
夜雾滴尽香颜。
小河初茂火红天。
碧波酣畅点人间。

脆弱身躯承绿叶,
鬓肌开灿飘妍。
风云再厉寸心虔。
一生情愿此花眠。

2019 年 5 月 2 日

临江仙·西湖风光（G20 峰会）

西子柔风香径落,
三潭映月秋回。
六和塔上伴文魁。
苏堤飘絮,

花港锦鱼肥。

大运水通东海里,
白帆扬起欢归。
一湖活力尽芳菲。
断桥怀古,
君听喜开眉。

2016 年 8 月 29 日

满江红·国旗卫士

护国红旗,
千钧重、漫天扬晔。
持利剑、武姿龙虎,
目光威烈。
挥去伤魂羞辱史,
夺来动魄光明页。
社稷兴、洗去万悲歌,
风云猎。

霞烟日,
山海月。
艰苦道,
苍凉越。
看京都风起,
扫清狂孽。
定向雷霆平四海,
弦多砥砺翻新页。
泪长流、望步铁潮来,
心翻血。

2015 年 10 月 1 日

满江红·阅兵南海

一曲狂飙,
巡南海、劈开浪脊。
还记得、苦凄坚忍,
众英飞镝。
无往不摧宏志定,
上天入地蓝图立。
复兴路、骏马启春朝,
河山熠。

军舰到,
雷电急。
望远景,
歌今夕。
颂千秋伟事,
万民恩泽。
慷慨激昂环宇动,
前攀后继风云激。
频问好、滚滚赴江东,
奔流疾。

注释:

阅兵南海:2018年4月12日上午,中央军委在南海海域隆重举行海上阅兵,习主席检阅部队并发表重要讲话,充分肯定人民海军的重要地位作用和取得的辉煌成就,明确提出努力把人民海军全面建成世界一流海军。

2018年4月12日

满江红·江山有你

夜震戈滩,
长岛醒、江湖海啸。
峰岭动、野虹霓焰,
沸腾光耀。
月拱群星催灿放,
霞呈九派烟波缭。
已举起、雷电揍狼戈,
谁狂恼。

和则贵,
争酿暴。
天地理,
人心道。
大魔今多变,
硬柔都笑。
欣载百花民可乐,
残伤万鸽尘间闹。
西虎凶、锁笼上春风,
神龙罩。

2017 年 3 月 10 日

满江红·建军献歌

万里红旗,
天马吼、踏平云峤。
怀烈士、海疆戎立,
众城歌绕。

火箭军消峰壁里,
航空冲月长征袅。
九十年、威武耀环球,
人民笑。

东决战,
南猛扫。
风雨路,
光明道。
展丹心铁血,
宿营山啸。
岁月峥嵘聊往事,
韶华璀璨春风闹。
雄狮醒、际外又银星,
长城傲。

注释:
建军献歌：1927年8月1日凌晨，南昌，二万勇士打响天下第一枪……谨以，礼献建军90年。

2016年8月1日

满江红·警钟长鸣

翠草香花,
春最易、妖蛇出洞。
君不见、起滔之海,
暗潮惊悚。
今古战争皆突变,
人间血泪悲伤痛。
警钟敲、醉舞必须休,
清新拥。

星辰转,
朝夕动。
天马悍,
蛟龙耸。
看千千英辈,
驾魂云涌。
将士披袍关塞守,
亿民创业山川种。
扬帆去、一曲赞歌飞,
红旗颂。

2017 年 3 月 16 日

满江红·血洒彼岸

雄赴长津,
平野兽、弥天血性。
朝北看、乱尘飞火,
铁翻无影。
驰骋寒川刀剑急,
单衣万里红旗挺。
骤一战、立马断重围,
男儿硬。

风大雪,
云缠岭。
霜转滴,
烟催冷。
是神龙大笑,
恶魔残命。
卫国保家全力负,
一身正气眉扬骋。

酹清川、泪眼望丹东,
军人酪。

注释:

1. 长津:指长津湖之战(东线战役)。是抗美援朝第二次战役中一场决定性的战斗。在气温低至零下40度的恶劣条件下,打败多国联军。

2. 清川:指清川战役(西线战役)。东线战役与西战役,是奠定抗美援朝胜利的两大战役。

3. 10月25日:抗美援朝胜利纪念日。

2016年10月25日

满江红·陵园少年

泪洒陵园,
军礼敬、少年先烈。
望远处、肃然回首,
大忠飞越。
华夏存亡人奋起,
贼狂溃败残星灭。
抗战潮、四亿众成城,
心魂铁。

倭寇悚,
狼虎灭。
何所惧,
精神倔。
作焦泥再造,
国家双抉。
弃笔学生殊死战,
朦胧童子求新捷。
撼天地、拔剑亮寒光,
迎风猎。

注释：

1. 陵园：指腾冲国殇墓园。位于云南腾冲，1945年7月7日落成，为全国重点文物保护单位。
2. 焦泥：1944年8月2日至9月14日远征军突进腾冲，与守敌展开"焦土之战"。由于顽敌利用民房设防，巷巷筑堡，战斗异常惨烈。终全歼日军3000余人，解放了腾冲。

2017年3月31日

满江红·三十年祭

掩泣呼归，
风雨泪、亿民悲诉。
多少夜，细描耸构，
建城开路。
俯首尽忠赢众敬，
虚怀若谷平生度。
赤子身、骨韵也风流，
随江舞。

劳心血，
伤肺腑。
怀国事，
肩民路。
念东方腾起，
不辞辛苦。
惆望海棠仍白绽，
衷情西院初心赋。
看天下、倾国颂英雄，
千山愫。

2016年1月8日

满庭芳·西赴沙漠

七彩惊寰,
落霞张掖,
月来星伴清泉。
色空成景,
何就不疯癫。
疾走丹霞另处,
莫高窟、一脉相连。
东南望,
岩风垂柳,
沙海似平川。

潺潺。
流峡谷,
倾听水曲,
诉赏文骈。
苦望玉门关,
画壁金缠。
万漠深藏远古,
先人赋、后辈来弦。
祁山寂,
更多神话,
邀你看新篇。

注释:

1. 张掖:别名甘州。甘肃省辖市,位于甘肃西北部,河西走廊中段。是古丝绸之路的重镇,也是新亚欧大陆桥的要道。

2. 莫高窟:俗称千佛洞。坐落河西走廊西端的敦煌,是世界文化遗产地。始建于十六国的前秦时期。有洞窟735个,壁画4.5万平方米,泥质彩塑2415尊。是世界现存规模最大,内容最丰富的佛教艺术地。

3. 嘉峪关：位于甘肃省西北部，是全国第一批重点文物保护单位。

4. 祁连：祁连山脉。位于甘肃西部与青海省东北部的交界线上。"祁连"在匈奴语中是天的意思。

2016 年 2 月 9 日

满庭芳·感恩军人

赤水青山，
秦川大漠，
铁军雄迈何方？
转栖关塞，
风雨啸尘狂。
凛冽金戈制霸，
提刀立、谁敢来尝。
千云驾，
碧空腾焰，
遁向敌残亡。

茫茫终泪下，
斜阳画角，
海舰归航。
月邀聚，
红星战士英郎。
汉武秦风透骨，
剑在手、四射寒光。
神州卫，
鹰归峭壁，
万里舞飞凰。

2017 年 4 月 21 日

摸鱼儿·挚友远去

小天鹅、望江凄黯，
无言含泪翘首。
何因伤落荒田岭，
君影避消良久。
心绪瘦。
再不问、倾情紧握知音手。
欢颜左右。
羡灿换新容，
丰姿伟岸，
请带我魂走。

咱常说，
尘世年华搏秀。
今朝奇迹成就。
钧天礼献红梅赞，
恰值琼花香透。
珍挚友。
白羽亮、一鸣耀破千山口。
柳亭抛后。
喜跃上蓬莱，
寄云送语，
仰举泪沉酒。

2016 年 4 月 17 日

摸鱼儿·扬眉斥霸

恨猖狂、乱言胡语,
魔妖平故生孽。
别家园里栽花草,
尖指切牙宣泄。
臊吐血。
鬼怪叫、污人已是家常帖。
螳螂舞劣。
笑蜥蜴何招,
焦头烂倒,
不理就崩瘪。

风云骤,
南海红旗热烈。
涛声依旧真铁。
中华万象成然好,
锦绣山河飞悦。
翻旧页。
一声唱、雄狮已醒团圆节。
朝阳正晔。
看崛起长安,
把残扫去,
送向水天别。

2015 年 7 月 27 日

木笪·桑榆满寨

夜风柔绿草。
阳出芽枝绕。
远望平川天太小。
春归原上舞,
大红依少。

㐁羞青鸟。
轻落花间挠。
借问山民何喜笑。
桑榆开满寨,
日子交好。

2015 年 3 月 2 日

南歌子·阅尽东风

四季轮回走,
三春岁去忘。
昔年血气读书狂。
恰似东风吹柳、百花香。

白鬓侵双角,
红英放眼望。
蓝天助我皓飞翔。
唯盼暮年阅尽、万村庄。

2015 年 3 月 25 日

南歌子·眺望西湖

岸柳连风翠,
江枫渡水黄。
月浮蓝宇倚桥望。
红景绿房成幕、醉熏香。

幕夜怀秋色,
飞烟展媚妆。
喷泉新曲费思量。
终是凄凉离别、道鸳鸯。

2017 年 9 月 25 日

南歌子·家乡重阳

惜别文峰塔,
悠停东案乡。
一江敛尽半山光。
云绕杏林菊海、已重阳。

峭壁寒风冷,
村庄满地凉。
问秋何喜楚天黄。
万里寄情志述、看前方。

注释:
1. 文峰塔:座落浙江常山县塔山,系六角七层楼阁式砖塔。
2. 东案乡:常山县辖东案乡是浙江省农村书法乡,其金源村在北宋期间就出现了一门十进士。其中,王介子与王安石、苏东坡同朝为官,王介子、王涣之与米芾是好朋友。

2015 年 10 月 21 日

南歌子·伴友授课

幸聚童时伴,
嬉夸暮似牛。
欢聊往事话春秋。
忆起同窗学道、满天游。

伫看书描课,
来听画景楼。
童生去后直嘘咻。
又辑农村画展、了心愁。

2016 年 2 月 11 日

南歌子·百年校庆（上海财大）

毓秀人欢喜,
春晖气度巅。
德仁博尽济时天。
评述立言著作、负双肩。

竹笋怀心路,
樱桃放逸翩。
志高存远念山川。
英少放情述志、谱新篇。

2017 年 11 月 18 日

念奴娇·辞梅心碎

雪谐红点,
晕长风诧变,
睿阳寒退。
试问水云江道岸,
谁是尽忠无悔。
笑报春来,
羞怀冬赋,
志在群香汇。
小园孤送,
蓦然乡陌已翠。

原本携酒欢歌,
见花飘下,
兴致随尘毁。
幸好落时君绽放,
燃灿东西南北。
色艳从容,
新光映月,
独品其中味。
人生初次,
我因梅事心碎。

2017 年 3 月 25 日

念奴娇·红河建水

绿波金幻,
看层峦沟壑,

草青香姹。
南诏遗城名建水,
古寨絮聊闲话。
孔庙琼楼,
朱家花墅,
尽显风唐霸。
子亭碑刻,
诉文情透惊讶。

一路美景江山,
梯田上月,
叠彩千千画。
游客喜欢春色走,
随影不知云驾。
何伴朝阳,
谁来燕穴,
原野真潇洒。
晚红编锦,
大河飞啸南下。

注释:

1. 南诏:古代国名,是8世纪崛起于云贵高原的古代王国。因位于六诏之南,故名南诏。

2. 建水:国家历史文化名城,位于云南昆明之南220千米,古称步头,亦名巴甸。南诏政权于唐元年间在此筑惠历城(古彝语)大海之意,汉释为建水。

3. 朱家花园:始建于清光绪年间,是建水当地乡绅朱谓卿弟兄所建,有较高的建筑艺术价值。

4. 子亭碑刻:建水文庙大成殿后陈列的元明清碑刻。其中有元至大元年武宗皇帝追封孔子为"大成至圣文宣王"的圣旨牌,属滇南现存最古老的碑刻。

5. 朝阳:朝阳楼。是滇南重镇建水历史悠久的主要标志性建筑之一,建于明洪武二十二年(1389)。

6. 燕穴:燕子洞。建水景点之一。洞巢居数十万只白腰雨燕,燕子洞因此得名。

2016年5月9日

念奴娇·春城天貌

看西南塞,
蝶沉花红里,
画图环绕。
绿草碧泉清水满,
曲转潺声幽绕。
五百滇池,
一山金殿,
古道情茶傲。
四时春荡,
黑潭梅影还闹。

断续潮涌层云,
飞姿狂渡,
东去斜阳了。
敛起芳菲山尽处,
浩瀚江川何俏。
游走罗平,
相携洱海,
任是人生啸。
艳惊回首,
大疆天意风貌。

注释:
罗平:云南省曲靖市下辖的县之一,是全国文明县城之一。

2017 年 3 月 9 日

念奴娇·钱塘弄潮

大潮飞起,
遽千怒、魂断洪荒人醉。
浩荡东风,
惊梦力、狂拍清波玉碎。
雾雪冲天,
雷霆猛地,
一线连南北。
芳流遥递,
伍文争斗惶悔。

雄立鳌首英儿,
步孤飙踏舞,
时翻烟退。
再起惊涛,
依旧是、含笑精英姿锐。
驾蟒腾云,
神灵渐远去,
影消江水。
名衔终就,
只须秋里璇璀。

注释:

1 弄潮儿:冲浪。浙江(钱塘江)观潮中的一项习俗,南宋时盛行,唐时已演变成一项体育表演节目。

2. 伍文:伍即伍子胥,文即文种。吴王夫差砍断伍子胥之头挂城楼上,抛尸于钱塘江中,随之波滔扬起越来越大的浪头。越王勾践杀文种也抛尸于钱塘江,浪淘便越发宏大,这就是钱塘大潮的起因传说。

2015 年 8 月 18 日

破阵子·雪夜盼春

碧月长亭斜影，
青松寺院辞身。
南向弄韶风雪夜，
北岸风谣睡梦春。
客归轻扣门。

念记棕榈远水，
萦心翠绿山村。
楼外江亭金壁竖，
墙内窗西燕屋存。
夜幽孤寂人。

2017 年 1 月 6 日

菩萨蛮·洞郎军人

碧云川脊通天背。
长烟洞朗青山翠。
万里展新容。
千峦花映东。

气骁风雨处。
岁守家乡路。
热血伴晨寒。
丹心平暮澜。

2017 年 7 月 7 日

菩萨蛮·西窗夜读

西厢夜半星天海。
南云月对情生慨。
赵政万尘灰。
杜陵千语悲。

霸雄江岸恨。
虞舞新歌刎。
终扣史书叹。
飞阳霞绕峦。

注释：
1. 赵政：秦始皇，因其生于赵国首都邯郸，故又称赵政。
2. 杜陵：唐朝诗人杜甫。
3. 霸雄：楚霸王。

2017 年 7 月 23 日

菩萨蛮·农桑常记

东风踏碎三江叶。
南山送尽千林雪。
幼雁看天空。
可知飞远峰。

腊梅三弄唱。
柳絮梨花向。
何处问农桑。
寨流春水香。

2017 年 2 月 15 日

卜算子·和顺古镇

花静映清河，
鱼乱云中撞。
绿柳红棠叩问归，
一路沿溪巷。

风惠送烟波，
阳照催莲赏。
惊叹豪雄醉阁魁，
万首诗书放。

注释：

1. 和顺：和顺镇位于腾冲城西南4千米处，古名"阳温墩"，由于小河绕村而过，故改名"河顺"，后取"士和民顺"之意，雅化为今名，现称和顺镇，全镇人口6000多，而侨居海外的和顺人则达12000多人，是云南著名的侨乡。和顺图书馆为中国最大的乡村图书馆之一，于1924年由华侨集资兴办，为中国传统的楼房建筑，前置花园，美观素雅，图书馆中藏书万余册，其中尤以许多古籍最为珍贵。

2016年6月3日

卜算子·大唐丝路

离别踏愁吟，
羁旅携京酒。
一马群驼伴海沙，
埙又慷声奏。

极目望西霞，

仰首思乡叩。
远处金黄染大疆，
虎啸秦腔吼。

注释：
1. 京酒：古代长安是大唐京都，也是全国酒业中心。泛指长安生产的酒。
2. 埙：我国古代的吹奏乐器，用陶土烧制而成，因此又叫陶埙。
3. 秦腔：中国西北最古老的戏剧之一，起于西周，源于西府即陕西省宝鸡市的歧山与凤翔，成熟于秦。

2016 年 2 月 17 日

卜算子·大雁情真

大雁故乡魂，
春去秋来访。
万里情深北道飞，
依旧鸿声向。

人字渡天涯，
月夜寻溪漾。
别后寻思再聚时，
岭色千红上。

2015 年 4 月 28 日

卜算子·寺庙所见

天外大鹏飞，
堂内香悠烬。
古往今来至理言，

入耳才能顺。

君子好从容,
虚假无人问。
守住仁慈度一生,
尽享平安运。

2015 年 6 月 17 日

卜算子·泰山茶香

道观数三阳,
五老神多韵。
力压群山独往来,
皇上通天问。

漫走洗心亭,
顿觉全身润。
最盼春来万垄香,
淑女茶初嫩。

注释:

1. 三阳道观:这观始建于明万历年间的 1551 年。后世传闻此处灵气非凡,又有皇后亲临使蓬筚生辉,成为泰山景区一景。

2. 洗心亭:洗心亭在五贤祠东侧,清嘉庆二年(1797 年)泰安知府金棨重修五贤祠时创建了一座四角攒尖方亭,取读书可洗心之意而名"洗心亭"。亭东额"迎旭",西额"送爽",北额"洗心",故名"洗心亭"。

3. 淑女茶:指泰山女儿茶。相传乾隆皇帝到泰山封禅,要品当地名茶。但因泰安并无茶树,于是官吏们选来美丽的少女,到泰山深处采来青桐芽,以泰山泉水浸泡,用体温暖热,献给皇帝品尝,名曰女儿茶。

2016 年 3 月 2 日

卜算子·游宿桥溪

郊野听莺歌，
楼殿游人唤。
怅望须江海玉峰，
缥缈残烟断。

今日又中秋，
愿夜天星幔。
璀璨如花照九川，
可宿桥溪畔。

注释：
须江：浙江省衢江上游，又称江山江。

2017 年 9 月 15 日

卜算子·茶浓景多

柳絮万云天，
水瀑千鳞涌。
欲避眠春野壁攀，
向北幽香洞。

林茂鸟飞频，
跳跃枝丫孔。
慢品农家大碗茶，
久看风光送。

2017 年 3 月 15 日

卜算子·彝族火把

火把映龙潭,
新月禅心厚。
舞起彝风赫上宫,
人海麒麟守。

天苑看山庄,
地碧蓬莱秀。
最喜狂欢唱对歌,
爱就挥挥手。

注释:
1. 火节:彝族火把节是彝族地区传统节日,每年农历六月廿四日举行,为期3天,流行云、贵、川。云南寻甸是回族彝族自治县。
2. 麒麟:中国神话中的传统瑞兽,性情温和,与凤、龟、龙共称四灵。古人认为麒麟出没处,必有祥瑞。
3. 蓬莱:又称蓬壶。是中国神话中渤海里仙人居住的神山,与方丈、瀛洲合称三座神山。

2016年7月27日

卜算子·中秋无题

纵目望浮云,
怀曲冲霄汉。
醉问人生一辈情,
何奈朝天叹。

树是万年仙,

月恰中秋灿。
紫气东来夜半时，
寂挂无心绚。

2017 年 10 月 4 日

绮罗香·滇杭风水

滇岭花残，
杭湖柳恼，
千里时光多紊。
一路飞心，
驰向大西南镇。
会挚友、断去高楼，
逛锦里、旧游宫峻。
玉粱桨、三盏肠消，
热情长扫去疲闷。

闲来悠逛甸草，
依旧流年似画，
只是衰悯。
目远青峰，
缺水酷阳谁问。
望江南、风雨飘摇，
叹边陲、垄田催润。
问苍穹、何不公平，
让天蓝地顺。

2016 年 4 月 27 日

齐天乐·伯牙绝弦

送君悲泪西楼晚,
梅亭摔琴情守。
远水平山,
河堤透幔,
愁见人孤身瘦。
凄凉倚久。
念思绪飞来,
梦魂香秀。
意敛千年,
伯牙弦绝古今有。

知心终是殒灭,
玉溪低望月,
波逐随走。
步迹天涯,
依泉捻草,
尽忆风花烟柳。
生无挚友。
去舟艋垂渔,
揽春辞旧。
晓映残阳,
鬓霜江景揉。

注释：

伯牙：《吕氏春秋·本味》载，伯牙是古之善鼓琴者，钟子期是善欣赏者，誉为"知音"。钟子期因病亡，伯牙摔琴不再弹。

2017 年 3 月 30 日

齐天乐·泰山年丰

揽天低看崖千丈,
初霞慢飘翻近。
望月亭前,
回云断处,
疑似神宫仙郡。
鱼声谛听。
北峰向前方,
小溪乡镇。
万亩青苗,
岁丰可否早询问。

农桑装点峭壁。
翠红黄紫绿,
瓜果双衬。
汶水飞秋,
全真度曲,
难敌山林大韵。
长江浪紧。
已日落时光,
倚风清吻。
一路翩浮,
欲闲魂不忍。

2016 年 9 月 3 日

齐天乐·两岸聚首

卧龙腾起东风早,
殊途众贤归路。
月满狮城,
云开聚首,
寰宇英雄谁舞。
人间目注。
叹惊艳双躬,
血连宗祖。
白鹤飞莺,
可心百里跨开步。

神州花锦喷放,
凤凰遥向北,
承泽歌赋。
玉岭珠玑,
银河紫翠,
大美山河重铸。
登高再赴。
看天外繁星,
雾霾消处。
岁月催春,
汉唐鸣大鼓。

注释:

两岸聚首:2015年11月7日下午,习近平主席在新加坡会见台湾方面领导人马英九。这是自1949年以来两岸领导人首次会面,翻开了两岸关系的历史性一页。

2015年11月7日

齐天乐·游千岛湖

倚窗悠品红袍味，
云天好阳通透。
水绿山青，
长堤碧岸，
前事无心回首。
看花弄柳。
配墙画潇湘，
梦飞魂守。
不想清闲，
演千曲万古灵秀。

繁华情了尽去。
话曦阳暮落，
欢鹭悠鹜。
木槿东南，
芙蓉阁殿，
甚是欢心良久。
平湖怒吼。
恐舟底幽城，
意随波走。
远望前川，
惬心依醉后。

2016 年 1 月 3 日

齐天乐·山城见闻

涧桥千架盘山路，
声潇落江双汇。
雾绕兰舟，
波粼柳岸，
崖倚楼悬真媚。
长亭幔配。
叹时下春秋，
梦中魂翠。
峡谷滔流，
满川暖赫润人醉。

嘉陵途道雨洗，
夜来迷彩映，
金鼎楼美。
月镜临风，
云层尽璨，
锦绣巴渝山水。
城频唱对。
是激烈情怀，
赤诚心泪。
日灿年丰，
不忘英烈炜。

2016年12月21日

千秋岁·枫黄落下

夜风时紧。
愁落枫飘尽。
黄满地,
伤心忍。
初春青夺目,
今日寒残窘。
伊莫笑,
烬灯薄雾归期近。

梦绕南山峻。
魂断孤城隐。
瞻大士,
情多悯。
吐红枝尽勃,
月冷秋多吻。
人寂寞,
放歌野外谁来听。

2015 年 9 月 26 日

千秋岁·老有所乐

别离情乱。
人老风光断。
林寂寞,
溪声懒。
寒冬花隐落,
谁去高声唤。

君少恼，
暮阳守住西山灿。

遇事都该慢。
来去纯真伴。
田野迈，
桃源转。
欲歌云海透，
岁月悠闲看。
明月照，
赏花品古飞天侃。

2018 年 1 月 2 日

千秋岁·三去龙潭

草青人爽。
城外烟云畅。
松柏闹，
唐梅漾。
元杉撩寂叶，
明树惊山嶂。
浮石路，
桂花数点香开放。

翠院望鱼港。
亭下琴弦唱。
欣喜走，
悠欢想。
黑龙潭水怪，
北混西清荡。

无处问,
大千万物稀奇状。

注释:

1. 龙潭:黑龙潭公园,位昆明北郊龙泉山五老峰下。园内有龙泉山脚下两潭池水,一清一浊,相通但浊不变清,清不变浊,为一大奇观。园内有"滇中第一古祠",古祠内种有唐朝时栽的梅树,宋朝时栽的柏树,元朝时栽的杉树,明朝时栽的茶花树,称四绝,为又一大奇观。

2. 松柏:宋朝栽的柏树。

2016 年 8 月 2 日

青玉案 · 秋来春忘

翠波闹尽邀秋漾。
岂料是、频风恍。
落了琼花心不爽。
朝初清秀,
暮成残状。
一地凄凉望。

不情暗睹红枫飏。
又意芦溪雁声放。
一缕青烟飘北向。
杏黄芳里,
絮丝楼上。
恐怕春全忘。

2015 年 9 月 28 日

青玉案·农工兄弟

桃源寂寞风潇柳。
北塞远、南江守。
露浥新花成左右。
小园香径,
桥亭苔旧。
水潋窥天秀。

杜鹃送尽游人瘦。
别说鸳鸯醉千酒。
客外农工乡梦负。
晚霞朝露,
蜀州京首。
终是生涯走。

2017 年 2 月 14 日

青玉案·头雁艰辛

登高望远东山尽。
雁万里、前头引。
举目伊呵西北隐。
驾风翔雾,
过堤整顿。
再次滩河认。

人生苦楚无须恨。
试想空飞有多困。
一辈艰辛谁又问?

蓝天霜路,
红河冬近。
唤我心头震。

注释:
伊呵:大雁鸣叫声。

2016 年 12 月 1 日

青玉案·海口两问

红花枝断心情毁。
叶寂寞、风安慰。
借问田园谁在绘?
农夫辛苦,
渔人劳瘁。
描就山川蔚。

路人满目金黄蕾。
丛蝶惊心万千穗。
客念春光何旖旎?
海天烟衬,
琼岩点缀。
构造人间美。

2016 年 4 月 1 日

青玉案·再踏山城

称雄双水山城吻。
器磁口、朝天觐。
瑞气逾坡平地润。
幻楼花灿,
倚窗险峻。
渝铁峨眉镇。

伫望桥畔波流尽。
笑语新秋再来问。
霭雾情缭光照晕。
芳辰添力,
游人振奋。
锅火唇红窨。

2016 年 9 月 6 日

青玉案·一村两国

一村中缅人相望。
叶过界、花交撞。
试问缸流何处两?
鼎文骈晓,
字红豪放。
铁铸深情上。

鸡飞猫犬来回荡。
风袅炊烟北南往。
若说边民心乍想?

同耕山野，
共潭水漾。
锦瑟河川莽。

注释：

一村两国：距离瑞丽市区约 10 余千米，位于有名的中缅边境 71 号界碑旁，是典型的"一个寨子两个国家"地理奇观。一村分两国，都说中国话，两国还互相通婚。村中有一铸鼎，有两出水处，一处流中国，一处流缅甸。

2016 年 8 月 10 日

青玉案·南垄夏日

浪烟热暴天长搅。
雨尽匿、蒸笼烤。
帝子无须寻窘扰。
弄黄千叶，
挫残香草。
还是阴凉好。

碧云或许能平躁。
黯冉丝眉不嫌少。
怒问风神心眼小。
此时南垄，
何来雨倒。
人已田间澡。

2015 年 8 月 20 日

青玉案·荷曲声漫

夏莲绿叶红花傲。
万亩曳、千枝抱。
大鲤翻池惊蝶恼。
里流珠乱,
外生波搅。
幸有清风罩。

远飘眩色山颜峭。
不见岩峰半弯道。
借问蜻蜓何缠绕。
纯清君子,
坚贞馨宝。
恋了常来闹。

2017 年 6 月 25 日

青玉案·冰凌花上

菩提灿烂横枝上。
窈窕笑、高歌放。
万蝶千容黄怒向。
六轮红叶,
一丝色绛。
总是慈悲状。

飞云冉冉金波荡。
瀑落丝丝引遐想。
欲问云鹏何事忘。

山河流啸，
铁城欢畅。
崛起谁依仗。

2018 年 3 月 1 日

清平乐·衢州南湖

雨薰烟柳。
翠艳风中揉。
舞起绿枝香碎秀。
最是雅姿骨瘦。

北看流水凉亭。
絮花数点飘零。
欲觅鸳鸯倩眼，
南飞掠远云惊。

2015 年 4 月 20 日

清平乐·斑鸠惊飞

风寻春色。
不必花颜惑。
草野深山千景泽。
断续白云悠入。

星坠流下方休。
月遥自古无求。
笑叹人间悲喜，
麓丛飞起斑鸠。

2017 年 2 月 2 日

沁园春·海峡乡愁

渔火寒溪，
柳媚长廊，
海峡寄愁。
忆黄山南陌，
留园秦岭，
杨花飞起，
桂叶停幽。
古庙青苔，
新房绿草，
东里蜂喧云影柔。
千声唤，
看西风落叶，
赤子魂丢。

无言唇语登游。
又眉锁、心连空旧楼。
梦凤窗朱户，
竹篱老舍，
繁星凝夜，
皎月悲秋。
远处琴声，
音遥断续，
似牧歌家乡老牛。
相思泪，
问苍茫大地，
何日方休。

2017 年 10 月 28 日

沁园春·浙江欢迎您

大宋迁都，
圣坐钱塘，
此处最骄。
数名州胜地，
杭城冠首，
温南湖北，
物茂名飙。
水岸东台，
西衢锦画，
自是山花溪伴遨。
悠情去，
叹塔台林立，
旧事江滔。

难忘古越文骚。
有鲁迅、羲之挥笔毫。
敬嘉船红赋，
星光永驻，
舟山丽水，
佛语常聊。
秀品金华，
宁波港配，
百货驰名天下潮。
吾还说，
白堤新揽景，
柳雨春潇。

注释：
1. 温南：温州处浙江南部，

2. 湖北：湖州处浙江北部。
2. 东台：台州处浙江东部。
3. 西衢：衢州处浙江西部。
4. 古越：绍兴。
5. 嘉船：指嘉兴红船。

2016 年 9 月 4 日（苏轼）

沁园春·南春北雪

何处羁游，
满界追寻，
北域久催。
叹雪翻丈垄，
雾茫卧岭，
冰雕天地，
伴舞烟霏。
凛冽寒风，
聚争侵犯，
独占枝头那傲魁。
馨香伴，
忍霜摧怒向，
竞放红梅。

南疆却绿芳菲。
莽苍野、新村彩画围。
唱恋歌楚赋，
悬灯碧玉，
飘零园杏，
旺溢花眉。
远近溪流，
婆娑寨路，

岁友难言何处归。
欢欣泪,
是山河锦绣,
千景遥追。

2017 年 2 月 4 日

沁园春·闽游霞光

城恋河山,
古里寻歌,
大海忆疆。
自郑和远去,
泉州崛起,
风吟屿鼓,
月露闽航。
台岸亲朋,
开元逸事,
休说何曾风雨凉。
南平顺,
又凌峰合醉,
洞寝神房。

飞廉目注柔飏。
百花烁、平川一路香。
敬武夷龙脉,
军魂铁血,
嘉庚赤子,
大雁归乡。
转走湄洲,
天欢地颂,
妈祖丹心保碧江。

长亭别,
盼再游那日,
重放霞光。

注释:

1. 郑和:我国明代伟大的航海家、外交家和军事家,七次下西洋,历时28年,首次起航为泉州。

2. 屿鼓:鼓浪屿。厦门市最大的一个屿。因岛西南方海滩上有一块2米高,中有洞穴的礁石,每当潮水涌起,浪击礁石,声似擂鼓,明朝时就称鼓浪屿。

3. 开元:泉州开元寺。位于泉州鲤城区西街,是东南沿海重要文物古迹。始于唐初垂拱二年(686),初名莲花道场,开元二十六年(738)更名开元寺。

4. 凌峰合醉,壑内仙藏:南平市顺昌县合掌岩。因山形如"双手合掌表一心"而得名。2003年3月本圆法师主持开凿岩洞,筑建万佛石窟,被誉为江南第一佛窟。

5. 飞廉:神话传说中的风神,掌管八面来风,又称风伯。

6. 嘉庚:陈嘉庚,爱国华侨领袖,福建厦门人。

7. 妈祖:又称天后妃,天上圣母……是海洋文化史中最重要的中国民间信仰崇拜神之一。2009年"妈祖信俗"被联合国教科文组织列入《人类非物质文化遗产代表作名录》。

2015年3月2日

沁园春·伟哉韶山

辣子红梢,
泪竹青坡,
喜闹壑冲。
自舜君南拓,
娥英北守,
开疆和域,
筑堰移峰。
滴水飘香,

泥房茅苑,
绽放湘情深鳌龙。
长沙岛,
唱东方神曲,
寄意英雄。

清莲锦灿云丛。
不远处、亲人笑满容。
汇绿妍细柳,
潾湖翠喔,
风腾迎雾,
雨息飘绒。
望断桑园,
重归峭壁,
尽是韶山霞映松。
频回首,
恰盘阳欲卧,
泽后安红。

注释:
1. 舜君：指帝舜。
2. 娥英：帝舜二妃。娥皇、女英的并称。

2017 年 10 月 12 日

沁园春·南京笛鸣

一岭红旗,
万里秦川,
凤舞众歌。
话当今天下,
与时圣杰,

中华意远，
百姓欢多。
翠绿山泉，
锦台楼阁，
幸福生涯喜满河。
情回首，
忆苦流岁月，
泪填心窝。

南京惨案狼魔。
杀戮绝、城街尸叠坡。
痛枯肌冰血，
瘦容凄泪，
人间浩劫，
乱世残倭。
慎目春秋，
拨开寰宇，
看懂狂徒又搅涡。
英碑下，
念子孙长记，
落后无和。

注释：

　　南京笛鸣：2014 年 12 月 13 日是首个南京大屠杀死难者国家公祭日，中共中央、国务院在南京侵华日军南京大屠杀遇难同胞纪念馆举行首次南京大屠杀死难者国家公祭仪式，中共中央总书记、国家主席、中央军委主席习近平出席仪式。2015 年 10 月 9 日，《南京大屠杀史档案》正式列入《世界记忆名录》。

2015 年 12 月 13 日

沁园春·人醉滇狂

天辅神川，
草甸多姿，
翠树半乡。
问自寻当下，
谁能胜上？
笙歌燕舞，
洱海鱼翔。
古道林深，
峰峦绿远，
一洗躯身展莽装。
云烟绕，
碧波郏落地，
频送芬香。

南风卷破河塘。
泛百里、红鸥逐满江。
念玉溪仙抚，
腾冲血铸；
泸沽圣女，
大理誉皇。
揽赏流霞，
客嘘鹊喜，
广野千花迎寨光。
湖边聚，
鼓箫篝火闹，
人醉滇狂。

注释：
1. 仙抚：抚仙湖。

2. 血铸：指腾冲战役。1944年5月开始，至9月13日结束。经42天"焦土"之战，"尸填街巷，血满城垣"，终于夺回了沦陷2年4个月又4天的腾冲。

3. 泸沽圣女：指云南省丽江宁蒗县北部和四川省盐源县左侧山中泸沽湖。海拔2690米。湖北岸矗立一座秀丽的"格姆山"，意女山。摩梭人敬为女神化身。

4 大理先皇：指段誉。文安帝段正淳之子，大理国第16位皇帝，在位39年。

2016年11月13日

沁园春·四十春秋

北斗横空，
墨子相连，
大国尽晖。
看蛟龙潜海，
玉盘探宇，
智能风起，
高铁云飞。
绿水青山，
彩楼碧瓦，
亿万人民喜上眉。
前方路，
撸袖齐奋斗，
号角飙吹。

春潮四十寒梅。
忆往事、终歌胜利归。
赞小岗硬汉，
渔村傲虎，
于无声处，
舍我其谁。

砺剑豪情,
赤魂浴血,
耸起惊天改革碑。
同心闯,
冀盼圆梦聚,
再唱光辉。

注释：

1. 北斗：北斗卫星导航系统，是中国自行研制的全球卫星导航系统。
2. 墨子：墨子号量子科学实验卫星，于2016年8月16日在酒泉发射成功。
3. 宇宙尽飞：指神舟飞船，是中国自行研制，具有完全自主知识产权，达到或优于国际第三代载人飞船技术的飞船。
4. 蛟龙：蛟龙号载人潜水器，是中国自行设计，自主集成研制的载人潜水器。设计最大下潜深度7000米级。
5. 玉盘：指世界最大的单口径球面射电望远镜，又被称为中国天眼。可捕捉百亿光年外的射电信号。
6. 小岗：安徽省凤阳县小溪河镇，是中国农村改革发源地。1978年，18位农民立下生死状，在土地承包责任书上按下红手印，创造了"小岗精神"。
7. 渔村：指深圳。前身是一个小渔村，原宝安县附城公社的一个生产队，经济特区，改革开放的桥头堡。现为国际大都市。

2018年5月13日

沁园春·献给七一

无数英雄,
问路寻春,
夜黑泪悬。
幸南湖旗帜,
洪都武魄;
工农拥立,
战士顽艰。

血战沙场,
抗争岁月,
终毁三山胜利年。
人民乐,
飓风狂扫后,
歌起河川。

蓝图大地新篇。
梦崛起,
黄河秦岭妍。
在乱云中渡,
霜寒里舞;
杂音尽扰,
围堵成烟。
恪守初心,
壮怀盛世,
满载春风艳映天。
东方看,
恰腾飞大雁,
冲出峰巅。

2017年7月1日

鹊桥仙·人民名义

山风啸起,
狂烟吹落,
万物终归大地。
千残暗角咒尘灰,
点点扫、春香花季。

溪流腐叶,

沙埋枯树,
日月途歌惬意。
劝君停手唱新荷,
趁早醒、梅兰绮丽。

2017 年 4 月 19 日

人月圆·回家过年

狂飞似雁游南北,
赋作报千川。
客楼新月,
家乡远望,
总是心连。

叹人渺邈,
风尘昼夜,
烟去云悬。
江湖万里,
无缘冷暖,
唯有新年。

2016 年 1 月 28 日

瑞鹤仙·幸福何来

地凉山亦晓。
冬至冷、雾卷寒云乱搅。
狂风急来啸。
画楼长亭外,
飞花依俏。

贪欢百袅。
满野中、由去自老。
看天涯万象，
江上岭家，
喜露神貌。

不忘军人日月，
卫国忠心，
大疆情抱。
红旗不倒。
淋残雨，
顶冰暴。
续悠悠岁岁，
无私高洁，
青春都贡献了。
寄梅欣起早。
含泪代声问好。

2016 年 12 月 21 日

瑞鹤仙·聚画开封

忆童年向汴。
包黑子、铁律朝纲定案。
威严宋刑典。
大慈悲繁塔，
清香忠伴。
京城百宦。
只有杨、流尽血汗。
哭精忠岳穆，
哀怒发冲，
惨烈天叹。

往事悠悠历目，
恰似黄河，
海翻腾串。
中华史绚。
莺欢舞，
赋新版。
自宣声站起，
人民腰挺，
东风吹进彼岸。
贺今来画苑。
描锦绣山海灿。

注释：
1. 包黑子：包拯。
2. 杨：杨家将。
3. 岳穆：岳飞。
4. 宣声：1949 年 10 月 1 日开国大典上，毛主席庄严宣告"中国人民从此站起来了"。

2018 年 5 月 3 日

瑞鹤仙·冬咏昆仑

欲窗荒外冷，
西北处，
恣贯仙神极岭。
山头骤风逞。
啸声催，
冰雪乾坤何醒。
无须再静。
莽苍峰、云下独硬。

梦昆仑雨电，
千里伴风，
直向天挺。

晚照余光耀目，
不见青涛，
但逢银骋。
呈飙妙景。
岩成玉，
树幽镜。
立高楼，
迥眺流霞方断，
三冬昏候转囧。
待春光泽幸，
还是万红绿迸。

2016年1月5日

山花子·西双版纳

六国连河夜火狂。
风烟轻袅落谁乡？
龙塔飞容佛光寺？
澜沧江？

野象谷幽潮水沛，
屋前房后雨中阳。
青紫翠红绵万里，
向天望。

注释：

1. 六国：指中国、老挝、缅甸、泰国、柬埔寨、越南。澜沧江—湄公河为东南亚第一长河，素有一江连六国之称。
2. 龙塔：曼菲龙塔。位于西双版纳景洪县曼菲龙村，约17世纪中叶建造。
3. 野象谷：西双版纳著名景点。

2016年6月17日

上西楼·荫翠峡谷

天河倒注青峰。
峡渊冲。
卷起千珠光彩汇成龙。

秀石伴。
树枝乱。
凭神功。
水啸春秋沉在万花丛。

注释：

荫翠峡：九乡景区内乘坐落差53米观光电梯下到谷底荫翠峡。即坐电动游船在最窄处仅有丈余的峡谷中穿行，两岸石钟乳千姿百态，让人目不暇接，地下溶洞由此穿进。

2018年6月2日

疏影·天下迎春

新年老月。
恰挂联上酒，
无限欢悦。

岸柳悠桥，
园杏飘云，
平川惯宠飞屑。
茶花绽放云烟暴，
已落地、流归尘绝。
四季神、误了江南，
断是把春拦截。

欣忆冬前越岭，
墨香去故里，
欢写红贴。
巨变山村，
喜盖高楼，
岁月清新盈洁。
青苗绿草前山袅，
又万亩、早栽衢桔。
尽水潺、终断天霜，
莫看是今还雪。

2017 年 1 月 25 日

疏影·稼轩魂归

溪涯柳密。
正絮飞不断，
飘舞悠逸。
弃疾魂归，
潇剑初时，
无声缠绕凄寂。
何堪赋说天凉好，
是恋北、真情悲匿。
苦一生、梦断青春，

化付浊流尘滴。

欣喜山河变了，
少君笑画里，
挥去焦急。
碧落丹崖，
血映奇峰，
故地寻游神奕。
忧愁暂放南岩上，
峭处望、水龙鄰迹。
转北边、欣叹今民，
辈出似潮雄立。

注释：

辛弃疾（1140年5月28日—1207年10月3日）：原字坦夫，后改字幼安，号稼轩，山东东路济南府历城县（今济南市历城区遥墙镇四凤闸村）人。南宋豪放派词人、将领，有"词中之龙"之称。与苏轼合称"苏辛"，与李清照并称"济南二安"。辛弃疾一生以恢复为志，以功业自许，却命运多舛、壮志难酬。但他始终没有动摇恢复中原的信念，而是把满腔激情和对国家兴亡、民族命运的关切、忧虑，全部寄寓于词作之中。

2017年10月3日

疏影·恰东篱堂

春枝逐媚。
羡百花又灿，
千草同翠。
绕树残藤，
孤挺黄昏，
红霞照映依魅。
衷肠寸结西阳落，

望了叹、痴情真累。
看一生、灿烂终虚，
隐向远方云碎。

今日忧愁乱滚，
岂知两鬓白，
寒热交汇。
老享悠香，
少念凡尘，
去逸和源欢岁。
江河万事随波去，
当快乐、不哀无悔。
养老时、言笑陶公，
不敌我东篱醉。

2019 年 3 月 25 日

注释：

1. 东篱堂：逸和园·恰东篱堂位于衢州市西区白云北大道与盈川东路交会处。是一个集养老、医疗、康复、社区、居家、娱乐为一体的新型综合园，在这里的老人能享受到全方位的优质服务，度过一生最快乐的好时光。

2. 晚魄：指月亮。《宋书·后妃传·孝武文穆王皇后》载，夕不见晚魄，朝不识曙星。

疏影·中秋月儿

中秋月早。
映碧溪伴影，
幽处人少。
岸寂堤清，
云柳微风，
无言暗数星渺。

年年自度今生日，
一曲唱、随江流掉。
已淡然、七十心悠，
贺酒喜欢孤祷。

欣记孩童旧事，
海边看逐浪，
欢在凉岛。
暮晚愁情，
怕忆魂村，
是命安排予老。
忧来语诉谁吹去，
不用悔、再寻来道。
久望天、终又开颜，
泪醉举杯狂笑。

2018 年 9 月 24 日

疏影·开放灿烂

长江雁下。
伴彩南翠气，
湖北青洒。
一地瑶红，
千叠花香，
游人目瞪惊诧。
沿途宛似蓬瀛处，
断续看、云幽情话。
听水声、不掩欢欣，
化作赞歌优雅。

宁汉巴渝上海，

众城撸袖骋，
忘了休假。
燕舞高楼，
鹤立公园，
百姓春光常挂。
风云改革新时代，
莫怅恍、是雄争霸。
望远方、清秀山川，
大展艳姿如画。

注释：

1. 彩南：指云南。
2. 宁汉巴渝：指沿江经济区的重要城市。其中，宁指南京，汉指武汉，巴渝指重庆。
3. 莫怅恍：3月28日中国总理李克强在博鳌亚洲论坛再次发出扩大开放信号。

2019年3月28日

疏帘淡月·菏泽古今

天香地满。
话水浒聊题，
兄弟情炫。
逐鹿中原竞霸，
火烧烟断。
千年万事均流去，
再追寻、百狮花苑。
膑孙弦抚，
荆柯范蠡，
聚欢欣伴。

送往昔、桑田已换。
叹今日旌旗,
烈士星灿。
刘邓人山马啸,
剑横骁悍。
挥师笑向黄河渡,
落余晖、激烈鏖战。
伟陵松影,
一樽怀念,
寸心晖远。

注释：

1. 百狮花苑：位于单县境内，为清朝乾隆年间修建。
2. 孙膑：战国初期军事家，兵家代表人物。孙武的后代。
3. 荆轲：战国末期卫国朝歌人。著名刺客，刺秦王不中，被杀。
4. 范蠡：春秋末著名政治家、军事家、经济学家和道家学者。曾献策扶助越王勾践复国。
5. 黄河渡：1947年6月30日，刘伯承、邓小平等老一辈无产阶级革命家率领12万大军，以台前县孙口为中心渡口，在东西长150千米河段上，强渡黄河，千里挺进大别山，揭开了人民解放战争进入战略进攻阶段的序幕，成为中国革命战争史上一个伟大的转折点。

2017年5月18日

水调歌头·祖国华诞

紫气耀寰宇,
热血驾秋风。
又迎华诞,
欢颜人醉向苍穹。
遍地红星高照,
满界青箫雅奏,

阳煦又情浓。
一路忆飞跃，
万唱喜心融。

多少事，
盛衰鉴，
付腾龙。
和平崛起，
亲尽天下绘长虹。
科技前沿神马，
日月边关利剑，
幸福谢英雄。
感慨泪京北，
旧岁百年终。

2019 年 9 月 30 日

水调歌头·思友潜经

双百六零字，
般若佛音渊。
落花融雪，
孤掌新赋已成篇。
窗外浮尘浪烈，
寺内飘香漫悦，
韶曲绕梁椽。
朴素久圆满，
神韵谱心田。

念晨起，
人可喜，

又无眠？
奈何道阻，
长叹寒冷断江前。
自古风流儒雅，
向往仁慈诗话，
万载志流传。
借笔付瑶月，
铺纸画梅颜。

注释：
般若："般若波罗蜜多"的略称，是指一种大乘佛教空宗的主要经典，全经260字。

2015 年 12 月 13 日

水调歌头·滇草也艳

只见柳花艳，
那晓草清晖。
望天乔树豪放，
盘起彩云追。
卷柏还魂可霸，
生死回藤惊诧，
翠绕展新眉。
仰首古榕茂，
潜地绕山归。

南陌紫，
北庄褐，
满乡绯。
不应忘却，
神圣千叶地莲肥。

菊月高登崖上，
大雁音连心向，
还有绿相陪。
唱走生涯苦，
滇伴我飙飞。

注释：

1. 乔树：高大的树。
2. 卷柏：又名"九死还魂草"。
3. 封喉："见血封喉"树，是桑科的一种。我国海南、云南和西双版纳一带才能生长。

4 千叶地莲：千叶宝莲，亦称地涌金莲。为芭蕉科象腿蕉，属多年生草本植物，原产中国云南西北部金沙江干热河谷。

2016 年 10 月 8 日

水调歌头·精准扶贫

低俯拣枯草，
仰汗望云天。
任牛悠走，
箩筐红印嫩双肩。
日怵山崖情迈，
夜落城楼思外，
心向校花园。
寨晚牧童去，
留我怅怀绵。

学期急，
父母窘，
又何眠。

草房寂寞，
千里风雨敲心弦。
谁料催惭硬汉，
却幸扶贫有望，
政曲就新篇。
冀愿娃儿顺，
欢笑驻人间。

注释：
精准扶贫：2015 年 10 月 16 日习主席在 2015 年减贫与发展高层论坛上强调，中国扶贫攻坚工作实施精准扶贫方略。

2015 年 10 月 16 日

水调歌头·衢江沿景

河水染川壁，
岸柳映衢江。
荡风西面频起，
疑似地梳妆。
断续云烟一色，
绮丽霞飞共泽，
峰顶洒熏香。
丹桂茂花院，
白鹤别农庄。

鹿鸣处，
忆何在，
梦流乡。
半园景画，
狂絮天寂换秋裳。
楼殿长堤亭外，

钟鼓鸿儒言界,
恭敬寸心翔。
登赴朝京北,
默念国家昌。

注释:

1. 鹿鸣:指衢州柯城鹿鸣山。
2. 钟鼓鸿儒言界:衢城江堤石拦板上刻有孔子语录。
3. 朝京:衢州市水亭街朝京门。

2016 年 9 月 23 日

水调歌头·神泉彝乡

鸥洒翠湖聚,
雁绕雪山翔。
万峦峰秀,
潺水惊画色流芳。
仰望飞霞碧去,
遥对飘云彩絮,
千里绿波塘。
阳灿拱南北,
雅曲谢琼疆。

紫尾燕,
黑颈鹤,
养生忙。
谷深雾簇,
羁旅人倦里洲望。
蜂破龙蟠幽隐,
蝶采香花宛转,
一路亮声狂。

滚滚甘泉碧，
袅袅永彝乡。

注释：

1. 翠湖：位于昆明市区的螺峰山下，五华山西麓。翠湖水光潋滟，是昆明城内的一颗绿宝石。建有翠湖公园。

2. 雪山：指的是轿子雪山，国家级自然保护区，位于昆明市东川区西南与禄劝县分界处。

3. 黑颈鹤：是大型涉禽，栖息在海拔2500—5000米的高原沼泽地和湖泊，是世界上唯一生长在高原的鹤，飞行高度可达1万米。

4. 彝乡：指的是我国第六大少数民族，彝族以大分散，小聚居的格局分布在云贵川和广西等地。这里指的是昆明禄劝彝族苗族自治区。

2017年2月10日

水调歌头·苏州水城

千步寺僧庙，
万尺御名园。
虎丘峰上，
雄霸高塔慕倾悬。
古石连排桥曲，
灰瓦砖墙远立，
七里揽河船。
贾岛两难断，
推敲数渊源。

说报恩，
看拙政，
去花泉。
往情尽数，
休说针绣就苏妍。

坐看街心小巷,
笑指诗书绝画,
月晚听琴弦。
伯虎寄江水,
道子下梅川。

注释:

1. 千步、万尺:意在赞其寺庙和名园之多。
2. 虎丘:位于苏州古城西北角的虎丘山风景名胜区,2500 多年的悠久历史,有"吴中第一名胜""吴中第一山"的美誉。
3. 报恩:指报恩寺塔,俗称北寺塔,位于江苏省苏州市姑苏区人民路1918 号,始建南朝梁时(502—557 年)。
4. 拙政:指拙政园。位于江苏省苏州市,始建于明正德初年(16 世纪初),是江南古典园林的代表作品。拙政园与北京颐和园、承德避暑山庄、苏州留园一起被誉为中国四大名园。
5. 道子落梅川:商末,中国西北地区姬姓周氏族首领古公亶父之子泰伯、仲雍,避位让贤,从岐山下的周原,千里南奔,来到长江下游南岸的梅里,与当地居民结合,建立"勾吴之国"。

2016 年 2 月 13 日

水调歌头·梅忆七夕

月灿夕阳后,
白雪映梅容。
晚霞闲去西岭,
抬眼就长虹。
世道春秋浮漾,
生死恩情百唱,
相恋古今通。
翠㹴闹槐下,
白鹤亮山松。

昨夜恨，
鹊桥渡，
越寒宫。
母仙难阻，
憔悴凄远送双童。
爱就翻天鸾伴，
美点风光云汉，
践诺济英雄。
但愿真诚贵，
更向满园红。

2017 年 12 月 23 日

水调歌头·游哀牢山

山峻养烟海，
谷暗落云图。
北幽南绿，
原野遥跨四州湖。
雾露红萦绕坳，
彩掠崖环扣峭，
天雨喷香酥。
世道少年闯，
景色老农涂。

水清阁，
花万谷，
紫千株。
青山惊艳，
然却高下不相扶。
阳起人间熙炫，

月堕林中冷闪,
照旧饮三壶。
再赴陶公地,
疑是李仙庐。

注释:

1. 哀牢山:云南哀牢山国家级自然保护区位于云南省中部哀牢山脉中北段上部,地处云贵高原、哀牢山自然保护区地跨云南省楚雄、双柏、景东、镇沅、新平五个县。
2. 然却高下不相扶:同座山,高低不同则季节花草也不同。
3. 李仙庐:李白诗仙住所。

2016 年 9 月 26 日

水调歌头·中秋阅史

八百莽秦岭,
万里渭河分。
十三皇圣安在,
晨暮掠霜云。
帝祖乘龙仙去,
铁打阿宫成絮,
唯有字依存。
兵马俑惊啸,
威武理归秦。

大一统,
创新制,
集权魂。
荡平陡峭,
言定钦此历朝遵。
海驾千帆颠簸,

雁旅双排声破,
贵在有精神。
笔墨风烟载,
掩卷叹前轮。

注释:
1. 十三朝圣:西安,十三朝帝王建都于此。
2. 帝祖:秦始皇。中国历史上著名的政治家、战略家、改革家,完成了华夏大一统的铁腕政治人物,是中国第一个称皇帝的君主。
3. 阿宫:阿房宫,全国重点文物保护单位,被誉为"天下第一宫"。位于陕西省西安市西郊。
4 兵马俑:兵马俑坑中所陪藏的浩大俑群,是秦王朝强大军队的缩影。位于西安市临潼区城东6千米的西杨村南。

2016年9月15日

水调歌头·三沙如画

万里海平岸,
九鼎剑峰峦。
阴风狂起残搅,
天贼乱云烟。
霸道晨霜难久,
春意三沙如画,
我岛铁成坚。
战鼓填膺敲,
螳斧必衰残。

明月夜,
疏星渡,
港湾翻。
蓝军腾了,

帘幕何黑妙清还。
早已森严壁卫，
更有天神地杰，
硬气敌千关。
静听潮流猛，
策马笑眉看。

2016年6月21日

苏幕遮·双港红月

夜终帷，
星已拱。
岸柳桥灯，
人海江潮涌。
红月推云终露孔。
悬挂今宵，
艳唤山川动。

小孩欢，
文士颂。
仙子思乡，
妆起人间懂。
玉界通灵披彩送。
醉了香春，
奇妙连天梦。

注释：

双港红月：2015年4月4日发生月全食，浙江等地能观赏红月亮持续时间仅12多分钟。这是134年来持续时间最短的一次月全食。

2015年4月4日

苏幕遮·海村渔歌

万松青，
千柏老。
江浦联欢，
笙鼓沙滩闹。
军舰遥回南海岛。
满载风云，
月夜家乡照。

草芳香，
花簇耀。
点亮渔村，
虎踞龙蟠傲。
欣看人山篝火袅。
对际高歌，
铁眼环天啸。

2017 年 3 月 17 日

苏幕遮·不见君来

翠河游，
桥上望。
泛棹涟浓，
倩影波悠恍。
晨起眉开香袅爽。
暗盼心羞，
魂断舟前向。

去年春，

双桨荡。
轻语柔歌,
欢笑花中唱。
好梦云消忧绪酿。
不见郎归,
怕已千情忘。

注释:

泛棹:泛舟。唐代杨衡《送孔周之南海谒王尚书》诗:"泛棹若流萍,桂寒山更青"。

2015 年 4 月 12 日

苏幕遮·天明候女

古桥边,
榕树背。
情是残呆,
灰暮天星坠。
云慢风微山倒退。
焦望容衰,
哀了全无味。

寸肠挛,
双膝碎。
乍管炉香,
早已千杯醉。
银汉宫楼依旧蔚。
月去西窗,
独恍鸳鸯睡。

2017 年 5 月 9 日

苏幕遮·清明祀烈

雨声消,
花蕾吐。
春色风流,
来去云烟步。
烈士陵园人海赴。
先辈江山,
敢问谁能负?

石坡幽,
河水渡。
翠草芳香,
满地黄金雾。
松柏枝枝排向墓。
长岭东郊,
悲壮朝天诉。

2016 年 4 月 4 日

苏幕遮·一声叹息

望桥边,
悠柳岸,
春水烟霞,
倩影云中乱。
晨鹊欢心妆款慢。
怅梦潇湘,
雾透心千盼。

去年风,
今日返。
柔语妍花,
潋滟清江叹。
金玉情萍多殉断。
不见郎君,
恐已鸳鸯散。

注释:
云中乱:指云在湖中倒影。

2017 年 4 月 25 日

苏幕遮·痴情醉夜

一身愁,
双眼泪。
望断尘途,
不见情郎会。
抹去还流人尽悔。
百转无聊,
轻捶心肝碎。

暗香嘘,
明月跪。
房冷无灯,
早已千杯醉。
尽说图年年岁岁。
半倚南窗,
凄梦魂儿睡。

2016 年 4 月 12 日

诉衷情令·痴女梦断

娥眉争锁理沉香。
时恨路悠长。
春帘坠盼归影,
暮色绕、
在何方?

羞玉镜,
倚楼窗。
怪星光。
妒嗔圆月,
抹乱花颜,
梦断人肠。

2017 年 4 月 26 日

诉衷情令·梦回延安

人依山水醉风云。
烟柳展韶春。
河川梦里欢聚,
忆往事、
尽其温。

千草秀,
万花欣。
慰心神。
别舟河岸,
直向延安,

细数窑门。

注释：

河岸：指黄河岸。

2017年4月9日

踏莎行·风雨好了

淋雨横斜，
寒风啸后，
情痴看尽春花柳。
奈何人海似尘飘，
高山迸水常飞溜。

赤壁碑残，
梁山寨朽，
天涯归客随心走。
梦中音断不须嗟，
红楼好了歌长久。

注释：

1. 淋雨：连绵雨。
2. 迸水：从高处泻落的水。
3. 赤壁：传为中国古代著名的赤壁之战遗址。位于湖北省蒲圻县西北。
4. 梁山：山东省东平县境。其上有宋江寨，下有梁山泊。
5. 好了歌：《红楼梦》中的"好了歌"。

2017年11月8日

踏莎行·万物有序

梅落阳台,
月明宫御。
天规万物都成序。
雪霜打压万千红,
来年崛起风飘絮。

霄节依晴,
闹时却雨。
云低雾绕随他去。
低头细看忘忧花,
抬头撞了墙边语。

2014 年 12 月 24 日

踏莎行·烂尾该休

灯挂天红,
爆争流岁。
城楼无奈花憔悴。
为何年又默然来,
迎新去旧今宵兑。

北野千灯,
东郊烂尾。
残花断壁风粼水。
月神应让海川休,
澜沧普洱谁知味。

2015 年 12 月 25 日

踏莎行·烂柯初冬

菊悯荷凋,
梅开雪旺。
心怀胜景东山爽。
满园嫩绿赏心头,
长峰翠色高空向。

笋细初芽,
松粗早壮。
岩隈东壁朝南望。
烂柯虽冷载年华,
一丘棘送清风唱。

注释:

1. 岩隈:深山曲折处。
2. 蓬棘:蓬草和棘木。
3. 烂柯:指烂柯山,又名石室山。位于浙江省衢州市东南10千米处,此山黛峰翠嶂,景极幽邃。烂柯山是浙江省重点名胜风景区,被誉为"围棋仙地"。

2016 年 1 月 7 日

踏莎行·君子难求

山恋风云,
藤缠青树。
红尘策马沧桑路。
水流默去梦南春,
死生相许桃源渡。

梅送秋冬，
菊欢小雾。
银河寂静芬芳吐。
看清万物觅纯情，
谁知此念消无数。

2016 年 11 月 27 日

踏莎行·登峰感慨

大道飞奔，
小桥不抖。
前方对准朝阳走。
莫悲山动地蒙时，
依然笑语丹心守。

喜看兰崖，
悠停岸柳。
春风芽露清江口。
登临峰上万销魂，
云中兴步随松吼。

2016 年 2 月 12 日

踏莎行·秋来总忧

银杏潇潇，
梧桐秀秀，
花枝影露柔纤手。
笑将黄叶送衣囊，
书中自是珍添友。

寂寞桃源,
喧嚣岸柳,
枯荷哀怨青春透。
梦归路断泪垂崖,
红唇漫动声嘘久。

2015 年 12 月 24 日

踏莎行·想回老屋

庭院梅幽,
乾隆瓦在。
巷南左转终连外。
不经玉厦碧家停,
专逢破旧檐房待。

阔别青春,
老来暮态。
悠悠往事催情快。
迩听君语惹伤悲,
飞云掉水涟漪载。

2016 年 2 月 10 日

踏莎行·景色忧人

星满天空,
谁能收妥?
苍穹远处流金破。
西南楼宇耸天高,

山河岂可无人贺。

夜起风寒,
幽灵颠簸,
疾驰红绿频光火。
长街归路似神飞,
此情此景何时剁?

2015 年 4 月 15 日

踏莎行·宣威烈陵

东起乌蒙,
西临洞海。
高台景秀宣威菜。
大河峡谷数尼珠,
盘龙恰落昆仑界。

虎烈山陵,
莲亭梦岱。
金泉倒泻光依在。
当年千苦渡长征,
今朝万众恭朝拜。

注释:

1. 尼珠:指尼珠河大峡谷,位于宣威市普立乡,是北盘江上的一条支流。尼珠河村是宣威海拔最低的村落居住点,有"世外桃源"之称。
2. 虎烈山陵:虎头山烈士陵园。位宣威城北 11 千米的来宾镇大坡村。
3. 莲亭梦岱:"松鹤寺"内有"知趣亭",亭前的"莲梦池",泉清波碧。
4. 金泉倒泻:松鹤寺后有普陀岩瀑布,泉水被山风回旋至空中,飞洒成点点,被阳光照射,俗称"倒洒金钱"。

2016 年 1 月 3 日

踏莎行·春秋相望

杏落迎春，
梅熏送赏。
时催岁月秋花旺。
阳高岭下雁欢飞，
可知山外芳菲向。

郊野风谣，
庭楼赋唱。
鸟惊扬起声悠亮。
万般雅意仗灵通，
不须絮落随风忘。

2015 年 12 月 28 日

踏莎行·常山古景

坝遁金川，
亭飞铁岭。
南边记忆无踪影。
红尘名利早飞流，
乡愁自是难消冷。

武殿宫悲，
文峰塔静。
西山夕照栖双井。
古今称谓在书中，
居然没了原来景。

注释：

1. 河遁金川：金川位常山县城南端，由发源于江山县的思溪和石控溪会流而成，经金川门堰坝绕城东去，金川门埠头经岁月流逝，已不复存在，而地名仍流传下来。

2. 亭飞：传说徐氏后人为感恩浮空仙，在常山县东明山浮空墓处，伐石建成慕仙亭，俗称神仙凉亭，20世纪50年代倒塌后已拆除。

3. 武殿宫：文峰塔西边建一武当行宫，故称武殿宫。现已基本不存，剩下南边部分已改为常山县书画院。

4 文峰塔：常山县天马镇一山称文笔峰，峰上建一塔，名文峰塔。

2016年2月9日

踏莎行·怨郎声声

面色愁黄，
蛮声微紧。
凭阑泪透销魂尽。
人间万物我俱抛，
郎君伤妾人心恨。

叶落终飘，
花残始隐。
怒嗔喃语游魂问。
为侬耐得夜风寒，
缘消淑女春秋忍。

2015年7月6日

踏莎行·花城飘雪

白絮飘城,
狂冰上树。
雪山几晚寒烟吐。
一群亲友笑声频,
载歌跳起民风舞。

静看时光,
遥传花鼓。
老翁惧冷高楼处。
填词赞颂少年君,
霜中受冻才回府。

2017 年 1 月 30 日

踏莎行·儒城铁府

两宋雄城,
初唐铁府。
地馨水秀流千古。
文昌阁里揽风云,
书厢进士尊高祖。

孔氏家祠,
周王殿主。
繁华流后终尘土。
断肠无语弄琴弦,
今朝喜看芬芳吐。

2016 年 1 月 8 日

探春令·雀梅树冷

萧风凄雨过清明,
抚柔垂碑硬。
看春来冬换,
相思两处,
无泪唇颤冷。

前坡雀树梅遁影。
叶繁高枝挺。
碧水生绿岸,
人间宇上,
独是情难醒。

注释:
雀梅树:属鼠李科。根干自然奇特,树姿苍劲古雅,是中国树桩盆景主要树种之一。不结梅花。

2015 年 4 月 4 日

唐多令·三去石林

峰壑驻仙屯。
水流过碧村。
剑峰池、一景雄尊。
阿黑悲伤诗玛苦,
月下候,
是幽魂。

奇石尽孤身。

峭岩迎白云。
望夫踪、痛了郎君。
小路曲弯随意走，
微风怅，
诉红尘。

注释：

云南石林：位于昆明石林彝族自治县境内。被联合国文教科评为"世界地质公园"。园内分小石林景区（阿诗玛景区）；大石林景区。大石林景区有"剑峰池""莲花峰"等景点。最著名的当数龙云题词的"石林"之处的"石林胜境"。其中"望峰亭"为欣赏林海的最佳处。

2016年8月7日

天仙子·佛笑凡尘

日月佛光尘尽雾。
坐殿善颜彰大肚。
笑寻寰界万千愚，
情爱负。
因缘注。
欲海似舟来去路。

多有事烦须鹗顾。
朝晚向神冤意诉。
今人交泰话慈悲，
心忘悟。
残香炷。
倏暗又明终落暮。

注释：

1. 鹗顾：瞋目四顾，如鹗觅食状。

2. 交泰：《易·泰》记载，天地交，泰。后以"交泰"指天地之气和祥，万物通泰。
3. 倏：极快地、忽然。

2017 年 11 月 5 日

天仙子·芦苇情守

仲夏唤来堤上苇。
野草衬云飘曳配。
顺风南北逛天涯，
伤絮坠。
清新退。
尽绕剑湖疑已醉。

相见白肌多显贵。
残后痛心全似泪。
烟霞归隐淌流光，
花下水。
香红碎。
恒守岸边情不悔。

2015 年 9 月 20 日

天仙子·秋雨正浓

秋雨尽情梳万景。
千里翠山流水滢。
一川来去意红霞，
频上岭。
望天顶。

风渡路人稍许冷。

云散绕松峰寂静。
烟淡素香崎险嶝。
竞夸岩壑赞斜阳,
依旧鼎。
长留影。
自是恋心随曲定。

2016 年 9 月 2 日

天仙子·玉溪庄园

翠草粉花全入景。
碧水峻山成画凭。
抚仙湖启玉庄园,
清水镜。
尖山顶。
晨起跃翻金幔挺。

墙内异花奇草酩。
墙外瑞烟悠绕岭。
云天何处望瑶池,
风遽逞。
波涛骋。
狂喜梦中何必醒。

2016 年 8 月 5 日

望云间·天眼仁东

翘望南星，
欣拥宇魂，
江河芳泽春颜。
有奇潭瀑布，
黄果林田。
回首云遮绝岭，
途辛探走金川。
悼仁东遗迹，
北向孤峰，
西去游天。

春移夏至，
耗尽生平，
不堪日夜无眠。
君别风光人醉，
情动心弦。
忙国器长安好，
何能叫苦忧艰。
酒花入地，
一尊碑石，
泪洒黄泉。

注释：

南仁东（1945年2月—2017年9月15日）：中国天文学家，中国科学院国家天文台研究员，曾任FAST工程首席科学家兼总工程师。2016年9月25日其主持的FAST落成启用，为世界之最。

2018年12月11日

望云间·长城傲立

秦岭悠红,
衡岳缭青,
江山如此芳菲。
抚长城古石,
龙脊雄魁。
天远高居月上,
云流半壁风回。
送春来冬去,
日落霞翔,
烟散终威。

初心固守,
昨梦长持,
极峰好汉穷追。
欣见黄陵盘地,
千锦相陪。
谁说不知宏业,
何妨走向丰碑。
万川气象,
一途奇绝,
大雁鸿飞。

2019 年 6 月 30

望海潮·独游双港

飞桥哀渡,
羊车愁走,
谁家没有伤痕。
山幔翠开,
西阳晚照,
随心健步南门。
天色尽红鳞。
靓妆已消退,
纯洁才温。
皓月依悬,
再无风雪夜归人。

悠闲细数桥墩。
说三声隽语,
半辈烟云。
刚忆少年,
前来老友,
欢颜互道流尘。
情赴夏家村。
乐起心绪吐,
堪是童真。
远处依稀送唱,
今晚笑歌魂。

注释:

1. 飞桥哀渡:指牛郎织女七夕鹊桥相会一事。
2. 羊车:司马炎好色荒淫是历史上出了名的,"羊车望幸"的著名典故就是他引发的。

2017年6月3日

五福降中天·雄起华为

五千年神聚,
润透万里风云。
天暖灿红花,
满地欢欣。
南水东流激壑,
北雪西翔绕秦。
喜见鸿蒙,
扫雷冒雨定乾坤。

惊涛赤壁,
莫不是、风流再魂。
故苑暗香浮动,
一展芳春。
华为淡艳,
大德美襟情意频。
再看山涯,
绿波繁叶向天存。

注释:

鸿蒙:古人认为天地开辟之前是一团混沌的元气,并把这种自然的元气叫做鸿蒙。2019年5月24日,国家知识产权局商标局网站显示,华为已申请"华为鸿蒙"商标。

2019年5月24日

相见欢·烂柯传奇

赤书壑壁清碑。
彩云随。

岭吐风光千树、雾山飞。

万空静。
背芳影。
枉仙陪。
莫又问樵夫事、起伤悲。

注释：
烂柯：指衢州市烂柯山。相传围棋之根则在烂柯山。据北魏郦道元所著《水经注》中云，晋时有一叫王质的樵夫到石室山砍柴，见二童子下围棋，便坐于一旁观看。一局未终，童子对他说，你的斧柄烂了。王樵回到村里才知已过了数十年。因此后人便把石室山称为烂柯山。

2017年1月8日

西湖月·大帅光亚

平生去了浮名，
帅界隐星辰，
伟哉光亚。
气冲青海，
光流坳泽，
向天情洒。
学生千万杰，
铁柱立、英雄安锦画。
硬汉顶、挤进前沿，
众笑伴图宏下。

谦虚赤待同仁，
锻造绝团飞，
一片惊诧。
大功于国，

亲人久落，
此生无价。
风云何准备，
有战剑、邀帘雷电挂。
看山海、来去东西，
自强超霸。

注释：
1. 朱光亚（1924年12月25日—2011年2月26日）：湖北武汉人，核物理学家，中国科学院学部委员、中国工程院院长、中国科学院院士，两弹一星功勋奖章获得者。
2. 坳泽：罗布泊别称。

2018年12月8日

喜迁莺·山溪朋缘

断壁处，
小溪流。
勤向小郎洲。
景随东去是黄丘。
莺语万消愁。

蝴蝶飞，
蜻蜓吻。
只恋百花芳润。
岂料连朴立吾肩。
应想结朋缘？

2016年5月20日

喜迁莺·去燕今回

风袅起，
树争芽。
南燕欲回家。
揽云披彩跃蒹葭。
天远望无瑕。

暗香浮，
疏影旧。
故苑画堂时久。
初飞遭雨落真冤。
伤忆后花园。

2016 年 3 月 7 日

新雁过妆楼·学森归来

海外情虔。
新国困、侨居痛绞心田。
望洋凄切，
欲破险阻归园。
不冀高薪加美帽，
宁须苦度见黄颜。
日无眠。
月光洒下，
泪向东烟。

五年断魂伴夜，
硬扫清黑幕，

急迫回川。
抚摸英陵，
悲歌北向蓝天。
星云怀揣不忘，
上一曲红歌追赶弦。
山河立，
学森威名在，
叩谢英贤。

2018 年 12 月 1 日

注释：
钱学森（1911 年 12 月 11 日—2009 年 10 月 31 日）：中国两弹一星功勋，被誉为中国航天之父、中国导弹之父、中国自动化控制之父、火箭之王。1950 年在美期间，受美国政府迫害坐牢和监控，在周恩来总理几年不断交涉下，直至 1955 年才得以允许回国。

新雁过妆楼·夜思远航

月映三江，
悠悠慢、尽见绕缭金黄。
断壁流虹，
风细冷掠南窗。
万里高空开数点，
千川大海汇边疆。
伴星光。
梦魂挂念，
随去巡航。

今朝腾飞复起，
斥霸奸贼道，
不准疯狂！

斗转星移,
中华战士红装。
精忠报国热血,
唱一曲男儿当自强。
云天外,
奉持长虹剑,
国泰民昌。

注释:
三江:指浙江省衢州市常江、须江、衢江。

2015 年 8 月 1 日

雪梅香·青春不老

岭南望,
云山绪起唤花风。
万川微微暖,
当年色景相同。
香草平岩与梅袅,
木兰临水遇飞绒。
翠芽竹,
节节天高,
芳海无踪。

身躬。
尽悠走,
遇事欢颜,
笑挂眉容。
断晓西阳,
也歌灿烂惊红。
羡慕青春少年好,

不流悲暮岁残中。
心开放,
尽把平和,
前赴途终。

2019年1月19日

雪梅香·长江两岸

又春返,
长江绿透十城湾。
火催千苗起,
欣盼满野红攀。
云物添香送洲岛,
梦魂飞影舞潮山。
柳枝吐,
北雪风情,
南里花繁。

金年。
玉峰外,
喜看飘云,
莫倚残烟。
暗去幽冬,
再来就带温言。
大地春光映浓黛,
母亲河碧换新颜。
岩松翠,
路径黄开,
梅岭青巅。

注释：

长江沿岸：长江沿岸十二省市，已从绿水青山就是金山银山，形成了长江经济发达区域之一，如今的母亲河越来越美丽。

2019年2月10日

玉女迎春慢·创"文"换貌

枝叶相交，
层高浅、墨绿送归河岸。
草嫩花香鸟唤。
爽目清心常变。
今年春灿。
我辈幸、百楼城换。
千门深处，
三径旧庭，
尘扫芳现。

情怀激烈心头，
人人动手，
载歌讴赞。
美了何人不羡。
远处清新水堰。
种承苗蔓。
数日后、必成新苑。
喜尽潮来，
唱得子君欢眩。

2019年5月3日

注释：

创"文"：创建文明城市。

眼儿媚·滇疆春色

鸣转黄鹂伴圆腔。
青草吐芳香。
玉兰含蕾,
腊梅默隐,
刚换新装。

悠闲景色依然在,
已忘是何方。
风微池壁,
柳枝粼水,
春醉滇疆。

2017 年 2 月 21 日

谒金门·午后郊游

风向北。
幽梦搅黄心碎。
性起去游郊外翠。
欲歌依旧悔。

景色香迷魂醉。
岸柳低垂湖水。
相见负于初意贵。
问侬何语对。

2017 年 6 月 10 日

谒金门·避雨山寺

云雾滚。
羞度寺墙方窨。
鸧鸰双飞江北遁。
小春风好润。

秀水潺流岩稳。
翠岭阴垂峰隐。
难巧此时山雨近。
湿浇无处问。

2017 年 8 月 21 日

谒金门·长征路走

沿滇走。
三百里红河秀。
茶马古风云雨吼。
潜心茶独守。

西岭群山绿透。
湖翠万鸥该瘦。
最喜扎西途道口。
大旗香地授。

注释：

扎西：水田花房子中央政治局常委会议旧址位于水田乡水田村楼上社，距县城46千米。花房子中央政治局常委会议是"扎西会议"中最为重要的会议。会议实现了"博古交权"，即由张闻天（洛甫）代替秦邦宪（博古）。

2016 年 7 月 1 日

谒金门·药山雪松

山药界。
追慕庙前云外。
红映春波千景海。
雪松天地拜。

游客晨寒步迈。
树啸凉风摇摆。
南陌草青花路彩。
紫阳催万态。

注释：
山药：即浙江省衢州市衢江区南部黄坛口乡药王山。距衢州市区 34 千米，该景区地处紫薇山国家级森林公园，其品位之高、资源之丰富、游区面积之大在江南独树一帜，是一个得天独厚的旅游度假胜地。

2017 年 6 月 29 日

谒金门·春景难忘

时雨早。
浇醒万萌花闹。
风起翩飞姿变袅。
乱红何倩俏。

垄野碧青芳草。
庙外花蜂春晓。
远望岸边南北道。

忘忧江上笑。

2017 年 7 月 5 日

谒金门·万田夜风

新月衬。
烟柳暗香消烬。
天淡星疏情不稳。
晚云忙画粉。

自古云霄伴峻。
岁暮仁慈常酝。
低首顾茫花梦尽。
夜风频断韵。

注释：
万田：万田乡位于衢州府城西北，南距城公路里程 8 千米（直线距离 5 千米），地属衢州市柯城区。

2017 年 7 月 14 日

谒金门·岸边城楼

城楼看。
墙外紫花争灿。
时少望江徒顾玩。
柳垂无语伴。

几处絮飘凌乱。
八面晨风轻唤。

天际翔鸿音恨短。
客魂流远岸。

注释：
　　城楼：指衢州市西安门古城墙上城楼。衢州城墙始建于东汉初平三年（192），原为土墙，大约在唐以后才开始以砖石筑墙。北宋宣和三年（1121）郡守高至临重修旧城，奠定了后世的规模。

2017 年 7 月 8 日

谒金门·鸳鸯浪破

孤游火。
回首柳烟轻锁。
风蹴残花三五朵。
恰鸳鸯掌簸。

遥路前方遇挫。
不改初衷浪破。
终等鸟飞平岸坐。
落阳红画舸。

2017 年 2 月 3 日

谒金门·府山心乱

王府苑。
林翠坞烟山砚。
泉水歌潺云雾断。
鸟喈高处窜。

草野花香依绚。
柳影蜻蜓相伴。
今古往来尘尽散。
欲舒心更乱。

注释：
王府：唐代时期衢州称信安郡，开元十二年（724），太宗李世民的曾孙李封信安郡王，其富丽堂皇的郡王府就建在府山之上，而自此之后，府山历为郡、州、路、道、府的治所之地。府山之名便由此而来。

2017 年 6 月 28 日

谒金门·怨苦何问

心泪忍。
容不下宵无讯。
初笑冤家心外混。
望江归燕恨。

莫恋天涯芳润。
还是草庄花韵。
轻叹大风秋水悯。
恼声何苦问。

2017 年 7 月 11 日

谒金门·醉愁乡情

依旧寡。
门壁岂知乡话。
憔悴心寒频说傻。
醉姿何作假。

看懂花飞嫣姹。
惆去风云潇洒。
孤影望天悲泪下。
断肠鸿雁骂。

2017 年 7 月 12 日

谒金门·草黄花落

秋渐冷。
枫叶落江消影。
记得春初绒絮酩。
伴风随柳骋。

几度见情目瞪。
不忍繁枝残挺。
一院草黄花就囧。
越冬君再醒。

2016 年 10 月 20 日

谒金门·石梁一景

烟蒙涌。
梅小忍寒霜懂。
更漏匆匆天暗悚。
水边珠雾冻。

为问春来谁奉？
何就絮飞情弄。
随去媚姿飘落种。
草青风舞动。

注释：
石梁：浙江省衢州市石梁镇，位于柯城区中北部。镇政府驻石梁村。

2017 年 7 月 7 日

夜飞鹊慢·灯光景秀

云烟聚山下，
涂去青腰。
光露顶隐嶕峣。
秋时翠幌已消落，
任由无色飞飙。
从容待流尽，
骋驰归来日，
再见松涛。
东风会意，
尽心吹、唤醒春潮。

天转气回人喜,
今晚看江灯,
争闹元宵。
欢赴信安湖地,
三衢景秀,
千古多娇。
大欣岁月,
莫徘徊、美酒香飘。
赋民歌新唱、峥嵘远景,
一揽英韶。

注释:

1. 灯光景秀：2019 年春节，元宵以"最有礼，衢州人；最有味，衢州年"为主题的水亭门·信安湖灯光秀。

2. 嶣峣：意峻峭、高耸。这里指山尖还露出高耸之貌。

3. 英韶：古乐《五英》《韶》的并称，泛指优美的音乐。相传，帝喾作《五英》，舜作《韶》乐。

2019 年 2 月 19 日

一丛花·伟岸稼先

絮花不度尽沙降。
千里是荒凉。
西风欲断山河坝,
稼先愤、铸剑来疆。
寒暑日月,
时怀两弹,
成就病成伤。

初心不忘晚含香。
艰苦淡安详。

几经凶险孤消退,
一信话、友泪凄惶。
风韵离去,
精神依在,
功业国人彰。

注释:

1. 邓稼先(1924年6月25日—1986年7月29日):两弹一星功勋,中国科学院院士,著名核物理学家,中国核武器研制工作的开拓者和奠基者。在邓稼先带领下,中国成功地设计了中国原子弹和氢弹,把中国国防自卫武器引领到了世界先进水平。

2. 一信话:指扬振宁上海送别宴上,见邓稼先来信后,当场痛哭一事。

2018年12月2日

一丛花·红楼好了(一)

红楼一梦已成烟。
双玉贯湘园。
三生宝黛清香配,
好了歌、绝唱惊天。
真假横斜,
古今生灭,
云散寄山川。

愁肠雪地逼人癫。
荣辱出家怜。
眼中多少春花灭,
伴凄凉、化作浮莲。
不是无情,
尽知有苦,
爱恨暗中颜。

注释：

好了歌：《好了歌》出自清代曹雪芹所著《红楼梦》中，是作者借小说人物跛足道人作的一首七言古诗。

2019 年 4 月 26 日

一丛花·西游痴了（二）

西游金棒取天寒。
妖道屡回残。
千峰绝岭西风起，
路荒凉、又越魔峦。
冷眼横对，
多情月夜，
辛苦伴尘寰。

笑声压断鬼神叹。
百战大旗还。
奇书滋味谁痴了，
准击节、正气甘泉。
玉宇澄清，
瑶台皎洁，
人喜海河欢。

2019 年 4 月 27 日

一丛花·水浒反了（三）

梁山水浒万千悲。
官逼汉扬眉。

山河鼓角风云月,
热血洒、反了天威。
岛屿风萧,
寨台雨染,
孤处显雄魁。

百零将帅众人陪。
齐力定安危。
岸边水泊全欢报,
殿心乱、上下争推。
无奈招安,
有情济世,
落幕瞬烟灰。

2019 年 4 月 29 日

一丛花·三国淹了（四）

三家演义叱风尘。
灾落百黎民。
城楼毁灭山河血,
水火喷、天下惊魂。
三十六计,
一生谋略,
瑜亮魏平分。

笑言赤壁已无痕。
老事却成文。
大江鏖战谁初秀,
日月流、淹了诸君。
试问苍天,
可知民泪,

多恨少悲呻。

注释：

瑜亮魏：指周瑜、诸葛亮、曹操。

2019 年 4 月 28 日

一丛花·创文轻骑

百花欢进万乡村。
风韵展妍春。
文明有礼清香赞，
热奉献、老少心温。
垄上迎风，
山涯念远，
沿道播情人。

雷锋挚爱送乡邻，
累苦变愉欣。
满城旧壁开新艳，
佩红袖、美领头军。
一路莺歌，
三江激荡，
洒下大儒魂。

2019 年 1 月 20 日

注释：

1. 轻骑兵：衢州市共青团等组织年青一代，举红旗、骑自行车，奔赴乡村、街道里巷，利用文艺、书画、送物资等形式，宣传党的方针、国家政策等，营造了温暖氛围，大大地提升了群众的幸福感。

一斛珠·梦起百年

屈辱血泪。
南征北战终新岁。
凭高眺远丹心沸。
锦绣江山,
苦了老一辈。

黄山秦岭连江水。
淮河南海千波汇。
情洒袖撸山川翠。
大业天香,
崛起百年醉。

2015 年 4 月 1 日

一斛珠·黄山云海

翠流林海。
尖峰惊耸云天外。
鸟飞香絮烟花界。
一绺飘云,
尽把蓬莱拜。

远岭攀岩松气概。
狂风压顶丹心在。
不须惆怅黄山迈。
景好通灵,
去揽平生快。

2015 年 4 月 3 日

一剪梅·携友九乡

天水飞流下九乡。
神女宫兴，
张口窑荒。
云中树翠峡成关，
冬也香香，
夏也香香。

滇景珠明谷自芳。
红了宜良，
绿了宜良。
风云朝拜染红崖，
人醉心清，
仙醉形狂。

注释：

1. 九乡：宜良县彝、回族乡境内，俗称"地上看石林，地下看九乡"。被誉为溶洞博物馆。

2. 神女宫兴：系九乡溶洞景区内一个景点。兴，起也，兴旺。

3. 张口窑荒：张口窑系景区内麦田河东侧，古人类遗址，现抢救性发掘工作于1990年9月18日结束，历时50天。荒，意冷落、废弃之意。

4 荫翠峡成关：景区乘坐落差53米观光电梯进入谷底的荫翠峡。可在最窄仅有丈余的长峡谷中乘舟穿行，两壁的石钟乳千姿百态、目不暇接，同时两壁也似成了一道高墙。

5. 宜良：为云南昆明下辖县，是滇中粮仓，花乡水城。

2018年6月1日

忆江南·演变落空

浮云紧,
频舞霸颠风。
痴想遮天能捏地,
狂思潜海晚霞穷。
波后尽飞红。

无语笑,
彼岸梦魂终。
才鼠平添来恐吓,
又蝉浮动去山峰。
亡了怪寒冬。

2018 年 5 月 5 日

忆王孙·江郎山叹

菊残荷尽傲梅芳。
姣月清风催落霜。
古道江郎日夜望。
等天荒。
挚爱何时回故乡。

注释:

江郎山:位于浙江省江山市西南部,仙霞山脉北麓。传说很久很久以前,金纯山下住着江氏三兄弟。与仙女彼此邂逅,渐生爱慕之情。无奈仙界人间两重天,仙女需要返回天庭。江氏三兄弟日盼月盼,年长日久化身为三块巨石耸立在金纯山上。

2017 年 7 月 7 日

忆秦娥·忠国英魂

神岳铁。
山河还我惊天阙。
惊天阙。
风云剑啸,
怒颜声烈。

清明霜冷西湖别。
国奸不跪难平屈。
难平屈。
一朝背叛,
世人仇孽。

注释:

1. 岳王庙：位于西湖栖霞岭南麓,是历代纪念民族英雄岳飞的场所。始建于南宋嘉定十四年(1221),明景泰年间改称"忠烈庙"。

2016 年 4 月 4 日

忆秦娥·洞朗欢捷

狂夏烈。
残阳恐落初时血。
初时血。
聚群封堵,
败残凄别。

旧情今又东风铁。
何波掀幕西山决。

西山决。
时光飞掷,
我疆欢捷。

2017 年 7 月 5 日

忆秦娥·燕翔南海

共工立。
燕飞南海风云激。
风云激。
翠山显小,
傲翔无敌。

乌云一扫晴空碧。
秦川万里欢天笛。
欢天笛。
千乡唱赋,
万家神奕。

注释:

1. 共工:又称共工氏,是中国古代神中的水神,掌控洪水。共工怒触不周山是著名的上古神话传说。
2. 燕飞南海:2018 年 8 月 26 日 002 航母再次海航。

2018 年 8 月 26 日

忆秦娥·府山别友

千里雪。
西风送晚寒云烈。

寒云烈。
天涯冰冻，
暮梅残灭。

月临池碧晨枯叶。
说君路苦悲还别。
悲还别。
悬岩香断，
府山真切。

2017 年 8 月 11 日

忆秦娥·哀悼同胞

心奠叠。
碑陵啸断山河烈。
山河烈。
千云冲宇，
万城悲绝。

倭侵宁市堆人骨。
暴屠天下黎民血。
黎民血。
泪挥大地，
复兴情切。

注释：

1. 侵华日军南京大屠杀遇难同胞纪念馆，通称江东门纪念馆，位于南京市建邺区水西门大街418号。1937年12月13日侵华日军在南京开始对我同胞实施长达40多天惨绝人寰的大屠杀，30多万人惨遭杀戮。

2. 宁：南京市的简称。

2016 年 12 月 13 日

映山红慢·新年欢起

喜闹新年,
桂树下、村前伫久。
叹国泰民欢,
彩云缭绕,
繁花香透。
东风染尽江山秀。
北霜盘动家乡柳。
姿艳数秦岭,
长江九曲壶口。

常记起、清后朝衰,
烟火乱、凄残遭殴。
天地变、万腔热血,
换了人间韶奏。
长城铁壁昆仑路,
汉川金鼎清泉酒。
敬千千友。
愿天下、同心锦绣。

注释：

汉川：位于湖北省中部、江汉平原腹地、汉江下游，紧邻华中地区中心城市武汉，为武汉城市圈重要组成部分。汉川米酒是具有千年历史的地方名吃。1958 年，毛泽东在湖北视察时品尝米酒，称赞"味好酒美"。

2019 年 2 月 5 日

渔家傲·九月大理

都说大理三月俏。
岂知秋日姿春貌。
赫映林川天翠渺。
谁在闹？
对烟一处风情岛。

蝴蝶泉流三塔庙。
苍山洱海游人爆。
白族老翁指相报。
通崖道。
顶峰立马全城眺。

注释：

1. 风情岛：大理南诏风情岛是洱海三岛之一，位于苍洱国家级风景名胜区的黄金地段，因占据着得天独厚的旅游资源，故素有"大理风光在苍洱，苍洱风光在双廊"之美誉。

2. 三塔庙：崇圣寺三塔位于大理古城西北部1.5千米处，西对苍山应乐峰，东对洱海，距山脚约为1500米。

3. 洱海：位于云南大理郊区，为云南省第二大淡水湖。据说因形状像一个耳朵而取名为"洱海"。

2016年5月20日

渔家傲·峨眉金顶

翠载峨眉天景断。
雁飞锦里连声唤。
俯瞰岩廊人满伴。

祈佛愿。
静心影照随川转。

晨雾盈烟金顶殿。
香飘碧院山风叹。
缓走惊扶孤壁返。
云不乱。
青松托起雄雕绚。

2017 年 7 月 11 日

渔家傲·守望国土

望断长江东逝水。
魂消北海西风醉。
暗里乌云人捣鬼。
狼露尾。
残烟总惧熙阳退。

碧岭鸥翔霞锦帔。
南沙日暮天军卫。
冷眼扬眉寒剑对。
平浪碎。
远巡战舰英雄配。

2017 年 3 月 18 日

雨霖铃·大悟心迹

长亭香滴。
入梅幽道，

绽放千奕。
惆伤忆往年少,
丹心血旺,
情纯颜激。
眼下青春退去,
伴晨暮潮汐。
满目是、天地交谐,
岁载风云染山碧。

秦川自古鹃花谧。
已黄昏、柳岸溪边逸。
炊烟落往何处,
浮起柱、向西山溢。
遇事平和,
生活随时,
大悟心迹。
谢旷野、虽说无言,
道理相通立。

2017 年 9 月 26 日

雨霖铃·秋风袭人

长廊凄谷。
看青岩处,
骤雨淋漉。
朦胧可望烟乱,
梅山景外,
长安风麓。
乐奏乡音润曲,
一歌送千木。
碧岸水、狂野飞流,

绕向南林楚天扑。

前年也是情愁触。
恨香残、冷落风尘渎。
人生日月疑似,
柯梦醒、必然追逐。
古往忧秋,
谁用伤魂把善彰足。
大雁叹、溪地飘零,
夜又花中宿。

注释:
1. 冷落:典故"冷落长门"。
2. 柯梦:典故"南柯一梦"。

2017 年 9 月 23 日

御街行·凌波仙子

芙蕖蕾子蓬天俏。
小鸟落,
鱼虾冒。
朝阳籴起伴南风,
湖水终添飘渺。
清花鲜瓣,
傲开悠放,
频舞功姿好。

长虹雨遁山坡闹。
树已洗,
云烟缭。
清高身出烂淤滩,

装点红尘新貌。
归来感叹，
闻香惭愧，
回望长亭笑。

注释：

芙蕖：又名莲花、荷花等。

2015 年 8 月 25 日

御街行·伟哉屈原

江河万里龙舟汇。
泪水泣、丹阳碎。
时空飞越见三闾，
依旧神聪豪睿。
披囊垂粽，
戴花携剑，
声起惊雷坠。

先生喜盼家乡会。
末上酒、先成醉。
离骚歌九赋文章，
伴说湘君憔悴。
人间貌换，
香花颜驻，
心载春秋醑。

2015 年 6 月 20 日

御街行·中秋忆师

童时授我关山月。
率性唱、琴心缺。
犹同帘里看江秋,
云隐飘浮疑决。
当今明白,
李诗歌起,
真是苍茫烈。

长风万里黄昏别。
忆旧事、心欢悦。
人生残日似溪流,
还就青春纯洁。
年华不再,
红尘西望,
云散归河叶。

注释:

关山月:唐诗人李白诗《关山月》。(就读浙江省常山县一中时,朱与贤老师教唱古歌调《关山月》,半个世纪过去了,仍能唱几句。感恩朱老师。)

2015年9月27日

御街行·人生轮回

新春绽放黄颜浅。
翠绿汇、柔芽绻。
无声惊俏苑南洲,
江岭花恩朝宴。

棠清桃绿,
柳潇梅玉,
人爽山河绚。

窗前鬓白从容剪。
画白鹤、开雏燕。
双亲衰老昨宵流,
欢顺谦身环转。
羊羔跪乳,
乌鸦情哺,
推是天然恋。

2017 年 2 月 8 日

御街行·秋月繁星

欢怀目注风尘路,
挂念寂、相思苦。
逢谐朝暮对琴歌,
风搅云途何赴。
声哀浮远,
夜愁幽透,
终看繁星处。

东篱把菊寒香住。
手鼓磬、心声吐。
生平天下道仁慈,
频举孤杯无数。
神来自秀,
天涯南北,
残月深秋赋。

2017 年 8 月 28 日

御街行·雪映独梅

飞天大雪寒风霸。
素缟舞、霜烟洒。
银山千树玉龙蟠,
偏恋冰粼珠挂。
晶清新透,
月华辉映,
浓淡青娥画。

三冬断了江流下。
绿叶瘦、红英寡。
梅开羞在万消残,
霜冷群芳无话。
丹心铁骨,
斜枝横溢,
惊了春休假。

注释:
1. 素缟:白色。缟与素都是白色的生绢,引指白雪。
2. 青娥:主司霜雪的女神,即青女。
3. 三冬:冬季有三个月,称三冬。
4. 红英:指花。

2017 年 12 月 5 日

御街行·师道情深

言传授业飘香路。
寂静夜、书中度。

相陪孩子舞人生,
期待归来歌赋。
芭蕉欣绿,
李芳桃艳,
添了霜丝吐。

三冬际遇船头雾。
莫说暗、园丁护。
千恩铭记九天高,
都是春滋花圃。
秋棠怒放,
征鸿飞啸,
尊记丹心处。

2017 年 9 月 1 日

御街行·赣州莲丰

新川碧尽蓬天了。
绿绮叶、襟生宝。
晖盈邻闪落长亭,
腾起连声欢笑。
银花红瓣,
蕊清黄串,
追上香风袅。

山前雨后千湖闹。
鹭影去、飞姿巧。
村姑堤上绕来回,
谙富萦怀开窍。
良田景翠,
农家皆醉,

秋色欣然到。

注释：
良田：指赣州崇义县龙勾乡良田村。

2016 年 9 月 5 日

御街行·感恩天地

朝霞晚暮乾坤晓。
冷寂去、青山俏。
天无情说古今明，
规律芳音环绕。
溪消河遁，
树孤林失，
悲痛知多少。

花开又落归尘道，
日月转、人间闹。
春江秋水自分明，
田野欢迷新貌。
平和索取，
心怀恩谢，
桑地全民孝。

2016 年 3 月 12 日

御街行·思君朝暮

前年暴雨花残路。
北岸外、来回步。

悲天归雁啸哀声,
知否亲人寻处。
焦心追盼,
定能相望,
欢喜长留住。

今闲痛饮黄楼府。
我作客、由君诉。
清盅香酒菊争陪,
杯尽孤眠南浦。
清凉涧下,
闽江东去,
无月倾丹愫。

2018 年 6 月 10 日

御街行·送兔迎鸡

江山送尽春秋亮。
玉兔醉、金鸡唱。
芳原流水誓飞红,
花茂争开南向。
香梅熙雪,
紫薇黄叶,
青帝涂新畅。

长城万里千年望。
百鹤啸、平砖亮。
桃源民富寸心明,
时代风云豪放。
神州锦绣,
疆欢河袅,

恩重铭心上。

2017 年 3 月 3 日

玉连环·风情开甲

首回必在，
问何因、舍身为国，
心须相伴。
谢无私大德，
青春奉献，
魂尽赤情方断。
高歌三岭动，
剑舞一家乱。
霸惊言苦，
再难威吓，
天欢地暖。

开甲核盾终生，
事求新、路迹风流千璨。
说闯就前沿，
功成疏后，
都是团队实践。
大仁慈善者，
引鲸吟龙汉。
浮香酪月，
照川千里，
落京小院。

注释：
程开甲（1918 年 8 月 3 日—2018 年 11 月 17 日）：中国科学院院士，著名理论物理学家，"两弹一星"功勋奖章获得者，2013 年国家最高科学技术奖获得者，我国核武器事业的开拓者之一，中国核试验科学技术体系的创建者之一。程开甲品质高尚，只要是头回试验，他必亲临在场。每遇成功，他必推让说这是大家的功劳。

2018 年 12 月 9 日

玉漏迟·赣州老区

百川秋尽染，
金黄遍野，
蝶花欢伴。
萦绕清风，
舞起袅姿身段。
笑走乡村巷陌，
富了喜、农家粗饭。
香满院。
楼台争秀，
鸟鸣枫炫。

鹭飞万亩田莲，
竞暗探鱼虾，
恐遭残战。
兴致村姑，
正喜贴鸳鸯版。
十里人家渐远，
又柳下、频围堤堰。
情缱绻。
我颂老区今璨。

2016 年 9 月 25 日

玉漏迟·情洒郑州

岳尊谁领首?
独知圣地,
嵩山才宠。
名刹千年,
骇世少林神勇。
七帝金陵古里,
皓月照、黄河欢涌。
多少梦?
中原逐鹿,
向来风悚。

如今旧事终消,
见霞蔚云蒸,
去除寒冻。
珍惜韶光,
历史苦多伤痛。
引笔玉楼再画,
回忆起、延安春颂。
碑远耸。
望尽艳天芳拥。

注释:

1. 嵩山:是中华文明的重要发源地,是五岳中的中岳。位于河南省西部,地处登封市西北部,由太室山和少室山组成,共72峰。嵩山西邻古都洛阳,东临古都郑州。

2. 七帝金陵:坐落在巩义的北宋皇陵,是全国文物保护单位。北宋九个皇帝有七个葬于巩义,号称"七帝八陵"。

2016年2月15日

早梅香·国忠希季

火箭师神,
又探究卫星,
国忠希季。
旧话流年,
赤心修身,
人定争气。
召唤归来,
姿大展、太空之魅。
力拓开,
天疆一席,
此时霞醉。

忆起赴荒沙,
万千繁题尽欢对。
领帅群青,
科探异乡,
山河寸花红岁。
使命征道,
不辜负、德名宜配。
战鼓声声,
旌旗处处,
有君之慧。

注释:

  王希季: 中国早期从事火箭及航天器的研制和组织者之一。中国第一枚液体燃料探空火箭、气象火箭、生物火箭和高空试验火箭的技术负责人;提出中国第一颗卫星运载火箭"长征一号"的技术方案,并主持该型运载火箭初样阶段的研制;主持核试验取样系列火箭的研制。曾任返回式卫星的总设计师,负责制定研制方案,采用先进技术,研究卫星返回的关键技术;任小卫星首席专家，双星计划工程总设计师等职。1985 年、1992 年各获国家科学技术进步奖特等奖 1 项，1999 年获"两弹一星"功勋奖章。

2018 年 12 月 10 日

章台柳·秋杏望天

蓝天璀。
蓝天璀。
杏叶迎风无语退。
待到春花满地时，
再纵千色与君醉。

2016 年 10 月 27 日

昼夜乐·好景人护

画师搓手长叹苦。
景都好、来回步。
霞云道上岩边，
细听谷涛争诉。
宛似宫瑶常留驻。
转古径、满山青吐。
虽绘寂无音，
颤撼犹雷鼓。

退而我自情开悟。
看西南、总春度。
异花翠草常开，
正是红河熔铸。
滇景风光神奇袅，

最欣喜、各族民赋。
仙地落天涯,
寸心来相护。

2017 年 8 月 24 日

昼夜乐·衢州踏春

踏春一路流光彩。
岸边游、花如海。
东南画角楼头,
吹入絮丝染黛。
惊喜阑珊冬颜在。
览西苑、树幽寺矮。
极目水天红,
我心寒梅拜。

彩飞岭里烟霞态。
向青峰、去松寨。
杜鹃久唱声凄,
不怨霜风摇摆。
空处粼波江上晚,
更绿放、染尽山界。
看鹤远归乡,
啸翔云霄外。

2017 年 2 月 12 日

昼夜乐·战士昼夜

月幽人影遮云逼。
看战士、惊毅力。
繁城道外林泉,
扬剑胸中无敌。
三更鸡鸣天已黑。
暗雾里、英雄本色。
国土万千重,
不让民生急。

小桥流水乾坤匿。
叹星消、又灯熄。
胸怀旷野依然,
目注千川南北。
守卫和平红旗舞,
老少爽、送尽恩泽。
仰首望初阳,
远山霞过脊。

2018 年 2 月 20 日

昼夜乐·滇池七夕

紫光逝去人生在。
织女喜、牛郎概。
因何好梦惊醒,
变作离情等待。
不说潮落冤恨在。
贵坚持、诸神必败。
誓起碧江东,

刺穿瑶池外。

世间美妙春心拜。
草青香、柳垂彩。
尽随七夕鸳鸯,
赢得双星满载。
天下风流云殿会,
星闪烁、月映边塞。
鹊义架红桥,
放飞今生爱。

2016 年 8 月 9 日

昼夜乐·相会七夕

小村草屋童蒙泪。
恨隔离、伤一辈。
何来斩断红尘,
怒问上苍乍毁。
幸喜莺歌千里慰。
玉殿暗、月情却美。
地久盼天长,
鹊桥知心最。

北香东璨南风醉。
亮银星、全家会。
纯真爱恋流今,
拆散天公应悔。
违了清律终可谅,
玉帝却、老调加罪。
恨透醋浓仙,
挺牛郎织妹。

注释：

相会七夕：南北朝时代任昉的《述异记》里有这么一段牛郎织女的故事传说："大河之东，有美女丽人，乃天帝之子，机杼女工，年年劳役，织成云雾绢缣之衣，辛苦殊无欢悦，容貌不暇整理，天帝怜其独处，嫁与河西牵牛为妻，自此即废织纴之功，贪欢不归。帝怒，责归河东，一年一度相会。"

2017 年 5 月 23 日

昼夜乐·天柱安庆

小桥渡口初相望。
北壁翠，南屏帐。
依然古训高歌，
全刻画崖碑上。
痛饮宜城聊大港。
望祖寺、紫来风往。
抚妙法莲华，
穆庄润喉唱。

玉峰寂寞长江飐。
海归山、乡愁酿。
早知艳照天涯，
汉武真心朝往。
且看当今多窈窕，
撸起袖、发展人爽。
说了洞争春，
话双三尺巷。

注释：

三尺巷：指山东聊城"仁义胡同"。

2017 年 5 月 14 日

昼夜乐·望夫云怒

北边遥望夫云怒。
荡洱海、苍山助。
悬崖寂寞功成，
欲了爱君冤苦。
怎奈情隔千波堵。
贬礁底、倾心剑舞。
不敌法师神，
又约来年赴。

是非成败谁悲顾？
水东流、又何处？
楚亡九问难忘，
玉碎投江谁负？
瑜叱天何生亮去，
李煜帝、更哀愁诉。
再看望夫云，
已成烟消雾。

注释：

1. 望夫云：大理地区流传最广的著名神话。传说是南诏阿凤公主的化身，因其相爱的苍山猎人青年，被父王请来罗荃法师打入洱海成石螺，公主愤郁死于苍山玉局峰上。公主的精气便化一朵白云，怒而生风，要把海水吹开和情人相见。于是，后人便把这朵先彩继而怒黑的云称为望夫云。
2. 楚亡九问：指屈原的"九问"。
3. 瑜：三国周瑜。
4. 亮：三国诸葛亮。
5. 李煜：五代十国时南唐国君。

2017 年 5 月 21 日

烛影摇红·花牵谷香

飞雪红梅,
影横遍野枝衔蕊。
山花飘曳绣山村,
芦苇相依对。
不意青松荟萃。
渡江头、惊欢不悔。
绿崖芳锁,
柳岸云浮,
江南彩绘。

转向瑶台,
笋根叠锦云川媚。
新开霞谷赏香冬,
流转风光醉。
多少人工耗费。
望溪沙、波清意遂。
寸心飘荡,
笑指西阳,
斜低楼背。

注释:

花牵谷景区:位于著名乡村旅游地浙江省开化县华埠镇华东村齐新自然村,毗邻钱塘江上游,按照 AAAA 级国家旅游景区标准兴建。以绿色低碳为基础,多彩花卉为特色,乡村文化为主线,是集观光游览、休闲娱乐、度假养生为一体的生态旅游度假区。

2017 年 1 月 12 日

烛影摇红·红色不忘

红色精神，
百年沃血丹心烈。
征帆描定在南湖，
星灿溪流月。
北渡长征跨越。
望山岗、青松惜别。
走岩翻峭，
辟地开疆，
熙阳焜烨。

历史温新，
再生美好初心阅。
鲲腾时代棘荆披，
龙跃文明崛。
坚守廉风政洁。
向钧天、旌旗赤猎。
古田心脉，
瓦窑文魂，
花香人杰。

2017 年 1 月 15 日

烛影摇红·红色延安

潮涌延安，
凤凰伫立黄河唱。
秧歌飞起太阳升，
嘉岭山花旺。

北陌新开路畅。
到南边、江滔久望。
枣园山岭，
一地春秋，
红黄土壤。

历尽沧茫，
众贤奋斗光明酿。
当时窑堡指明灯，
千万抛颅向。
征道随旗血荡。
凭民心、追求气壮。
满川云绕，
塔影烟波，
东方红放。

2016 年 10 月 2 日

祝英台近 · 凄夜字思

月清凄，
星影静，
宫阙独寒伴。
旷野秋深，
万里又风乱。
枉怜池上秋荷，
催残绿叶，
不情忍、天边云唤。

众芳断。
顾目仙寂银河，
事悠尽胡侃。

创字先人,
神鬼泣惊叹。
始皇强势归文,
李斯定笔,
许慎解、至今多绚。

2017 年 9 月 9 日

祝英台近·七夕鸳鸯

醉南村,
欢北岭,
仙女赤情献。
杏舞桃红,
大喜小茅院。
百年不负初心,
腾云驾雾,
泪千里、携儿相见。

月宫羡。
舞起芳袖欢歌,
美真善才恋。
七夕鸳鸯,
偎依一生眩。
最狂渔老耕夫,
笛琴双奏,
唱新曲、百花莺燕。

2014 年 8 月 28 日

祝英台近·世纪之恋

步挪移,
身影靠,
天暗又风吼。
对目温馨,
抖颤互扶走。
伴游世纪人生,
皱颜鬓雪,
敬如客、欢莺魂守。

路边柳。
希冀柔叶添歌,
送情再欣扭。
一里灯昏,
小步似蝌蚪。
幸平坦月还明,
道前稳妥,
影去了、问津良久。

2018 年 12 月 18 日

紫玉箫·寒去春来

天色微开,
晴光初吐,
铁城人马欢欣。
江川解冻,
似盼歌花季,
悠度清晨。

绿野风啸,
愁只恐、又乱时辰。
寒多日,
烟飞冻残,
雾结伤魂。

潇湘大雁停住,
休说是惊奇,
事出何因?
怀猜不到,
忘邀函、同舞岭上飘云。
莫辞游衍,
乡笛奏、照旧安神。
芽青露,
年又复来,
梦到新春。

注释:
1. 铁城:衢州市城区素有"铁衢州"之称。
2. 潇湘:潇水和湘水在湖南零陵县汇合,称为潇湘。相传大雁南飞到衡阳南的"回雁峰"就不再南飞,冬天过后飞回北方。
3. 游衍:恣意游逛。

2019 年 1 月 19 日

醉花阴·游梅花垄

百里雾山宾客涌。
乱了梅花垄。
东踏软青归,
道尽沙汀,
笑语飞田垄。

劝来对岸粼波送。
雾柳轻烟拥。
锦绣小村庄，
金缀珠玑，
径满欢声颂。

注释：

沙汀：指水边或水中的平沙地。

2017 年 3 月 16 日

醉花阴·戏说沙德

翠满东山林半影。
北雪依然冷。
才脱理棉衫，
暮又残寒，
枉费身心劲。

节时不肯随风蹭。
日月乾坤定。
八卦好春飞，
何用阴沙，
花眼空悬命。

注释：

1. 八卦：指阴阳旗。
2. 阴沙：指沙德。

2017 年 3 月 15 日

醉花阴·黄昏夜思

燕绕楼台风上柳。
潋滟江边走。
山水远蒙曛,
近看波粼,
席卷梅山口。

太公渭钓终成就。
古道烟霞久。
北斗报平安,
疏影黄昏,
月起喧妍秀。

2017 年 4 月 15 日

醉太平·鸣鹿山遁

云天远逍。
流霞映潮。
鹿鸣山遁蹊跷。
看江波尽飘。

仙姿梦寥。
神魂暗消。
伴崖相侃今朝。
对新城赞翘。

注释:
  鹿鸣山:相传,古时候衢江西岸常有仙鹿触摸其间,鸣声时起,故起名鹿鸣山。那时的鹿鸣山风景秀丽，清溪茂林、庙亭四布，成为文人骚客们的游聚之地，因此有明代徐应秋"叶远空翻舞蝶，布帆斜日乱轻鸥"的诗句。时变景迁，这里的古迹已逝，鹿鸣山经重新建设，已成衢州市西区公园的一景。

2017 年 7 月 9 日

醉花阴·景农不忘

腊半残荷凄美向。
小鸟清舒唱。
飞目渡孤图，
莫不空愁，
万籁瑶歌响。

白云载去花悠飏。
送尽东风葬。
愧悚问予心，
花界沉浮，
何以蚕桑忘。

2016 年 10 月 20 日

夏日燕黉堂·荷路公园

晚风频。
恰东西峙对，
随步流身。
人爽气盖，
一路簇花春。
芭蕉月季争开放，
石溪沿、紫燕飞勤。
水坝朝北处，

荷清怒灿，
墨泼图珍。

初夏最撩人。
看前方岸柳，
含笑红尘。
几蝉露脸，
树里暗吟呻。
喜能不赞家乡美？
月流黄、天也香醺。
夜晓明光送，
夕阳迟下，
景色销魂。

注释：
荷路公园：位于衢州柯城荷花西路朝巨化方向。

2019 年 6 月 28 日

鹧鸪天·欢下丽江

白鹭飞河桂子香，
蓝天星月也伴狂。
聚全南北痴情客，
汇尽东西落碧江。

花锦缀，
草青妆。
飙歌木府自惊惶。
浅茶细品安心绪，
手鼓今宵声破墙。

2015 年 10 月 6 日

千秋岁·二下丽江

古城憔悴。
疏雨蒙蒙坠。
浓雾搅,
烟云碎。
怀疑风太猛,
稍怪时光背。
人尽恼,
是愁欲语今时悔。

栈外花枝魅。
敲鼓郎随配。
多少事,
寻常对。
郁云情驱散,
一米阳光沸。
欢向望,
海天雪地龙山泪。

2015 年 11 月 6 日

鹧鸪天·三下丽江

鬓白双扶逛古坊。
颜红独去选沉香。
街头巷尾秋花宴,
木府山台碧草芳。

平院屋,

小池塘。
倚窗茶饮眺西阳。
辛贫岁月相牵久,
彩出云天自傲翔。

2016 年 8 月 27 日

踏莎行·四下丽江

窗旧楼新,
蓬门院好。
风姿锦瑟人称道。
尽开绿叶挺花香,
转轮车水倾天倒。

石径稀疏,
店街狭小。
猛听商贾酬金敲。
笙箫天籁洱江危,
贪心黑景君流掉。

2016 年 11 月 15(晏殊)

鹧鸪天·五下丽江

彩壁新题木府门,
今宵陪友醉心魂。
雕栏不耐明天事,
玉砌应知今日真。

描碧字,

看红尘。
挥毫感叹此时欣。
时光梭贯人生里,
老了还能游个春。

2017 年 3 月 11 日

疏影·春

樱花漾早。
恰白烟浪起,
蒙眼川渺。
翡翠梅峰,
金色平湖,
清粼映树飘绕。
依稀界下蓬莱景,
别石壁、南探新貌。
越树林、陌上阳光,
影照荡桥斜倒。

凄忆秋时雨骤,
北风乱弄力,
争岸飞冒。
水破江头,
又落香花,
愧恁今年千岛。
芬芳美景须情配,
感概后、尽酣欢闹。
看远方、天地齐谐,
一曲赞歌春晓。

注释：
1. 梅峰：是千岛湖登高揽胜最佳处，可凭此观赏300余座大小岛屿。
2. 千岛：千岛湖，位于浙江省杭州西郊淳安县境内。

2016年3月2日

解语花·夏

清风抚岭，
皓月依窗，
全落溪中醉。
寨红山翠。
池蛙咏、警告小鱼追尾。
嬉游忘退。
堤柳上、蝉鸣念悔。
萤尾光、比对天星，
任是咱柔媚。

何处怯送早桂。
转向湖塘岸，
莲正舒蕾。
时花云汇。
农家乐、碧院弥飘笋味。
韶音萃荟。
独思问、为何乡魅？
茶淡香、细吮眉盈，
暑夜图今岁。

2017年6月2日

沁园春·秋

南北争妍，
染尽龙山，
绿透陌洼。
望黄山秦岭，
逶迤塞外，
怒江泗水，
雀跃关涯。
雾啸长城，
云飘鹤壁，
一派芳容奇九葩。
风吟语，
送苍茫锦绣，
灿放琼花。

盘天开地神娲。
岁月老、民魂载梦遐。
数夏商铜镜，
春秋银鼎，
学流百子，
论理千家。
索觅天谐，
地人同悦，
当就寰球独此夸。
骄阳喷，
照泰山显赫，
大美中华。

2017 年 9 月 2 日

沁园春·冬

舞乱山川，
斩断河源，
北雪又忙。
看白妆千壑，
红消万岭，
阳升淡赤，
月落奇黄。
满目冰雕，
开怀云走，
自古昆仑同此凉。
青悠去，
独冰花孤起，
点缀风霜。

回望锦绣农庄。
靠峦壁、情怀纵大疆。
贺长征绕殿，
人间鸣鼓，
乾坤改道，
岁月求香。
歌赋风谣，
晚箫笙笛，
紫气东来喜满仓。
当今美，
笑那烟雾暗，
还在闲狂。

注释：
　　冰花：指冰凌花。

2017年2月2日

沁园春·宋城千古情

良渚先人，
岁度江南，
断发绘身。
叹越时大地，
血飞万壑，
王朝迭换，
荒野愁尘。
西子人间，
百民众力，
建起桥廊亭柳熏。
江湖泛，
五千年震憾，
步步惊魂。

穷翻苍海遗文。
岳家铁、精心报国军。
恨帝荒疏事，
臣奸社稷，
鼓琴哑了，
对酒无欣。
又演英台，
白蛇绝唱，
男愧无言女子珍。
全流去，
喜华龙腾跃，
已举千钧。

注释：
良渚：即良渚文化。中心地区在钱塘江流域和太湖流域。

2016 年 11 月 1 日

昼夜乐·楼兰千古情

雪山大漠晶花满。
赴杨林、停沙岸。
帷边月夜清容,
塞外凉风尽唤。
已进昆仑繁华苑。
到藏门、夕阳落晚。
唱起送情歌,
血腾全身颤。

楼兰遗址依今璨。
会嘉宾、聚仙幻。
张骞授命风云,
奉璧归来鸿雁。
交尽天下功南北,
至今我、敬重心赞。
一路沐香尘,
百箫莺凰伴。

注释:

楼兰:古丝调之路上的一个古国。位罗布泊西部,处西域的枢纽,是著名的"城廊之国",东通孰敦煌,是南北两道的分界地。

2017 年 5 月 2 日

沁园春·衢州千古情

姑篾千悠,
石窟迷踪,

翠碧万村。
看古田溪水，
三衢绿野，
桔香送远，
笋小登春。
百里新荷，
一川杏李，
叶落双江东海巡。
春风起，
唱漾清圣地，
孔府箫频。

吴刚俯望霞云，
暗对照、黄巢刀砍痕。
又玉妖惊悚，
聊斋志异，
蛟池柳媚，
药谷花欣。
往事飞虹，
当前秀色，
赢得鸿儒豪放身。
西阳下，
步铁城石道，
人醉红尘。

注释：

1. 姑篾：是黄河流域的一个古老国族，现龙游县区域是古时姑篾的政治中心。

2. 石窟：龙游石窟。是我国古代最高水平的地下人工建筑群之一，也是世界地下空间开发利用的一大奇观，被称作难以破解的千年之谜。

3. 古田：开化县古田山自然保护区，有浙西兴安岭之称。

4. 漾清：清漾村，是一个历史悠久的古镇。内有清漾毛氏文化村，为毛主席的祖居地。

5. 孔府：位于衢州市府山下，全国重点文物保护单位。是全国仅存的两个孔氏家庙之一，素称南宗。

6. 吴刚：古代神话居住月宫的仙人。玉帝罚其专砍月宫的桂花树，而桂树却是既砍既长，永也砍不断。

7. 聊斋志异："聊斋"是清朝著名小说家蒲松龄创作的文言短篇小说集。书中记叙了衢州三怪轶事。

8. 铁城：古来素有"铁衢州，铜金华"之称。

2017 年 5 月 12 日

沁园春·三亚千古情

薄雾初帘，
色景全蓝，
去抹旧痕。
会约情幽处，
风喧倚境，
天涯意断，
海角情真。
鳌博征帆，
木棉古道，
舟荡心随三亚魂。
红尘啸，
叹江村烂漫，
爽事芳辰。

夫人冼氏真神。
往事忆、兴邦描远春。
酿政权朝立，
崖州鼎落，
袅云旖旎，
夜岸潮粼。

石屋中居,
鉴真可渡,
串起山川一路恩。
蓬莱岛,
数天星赫灿,
浪拍舒身。

注释:

1. 崖州:三亚古称崖州,即现海南三亚市崖城镇,位于三亚市40多千米处。早在秦始皇时期设置南方三郡,崖州就是其中之一的象郡。
2. 石屋:三亚珊瑚石屋。
3. 夫人冼氏:被周恩来总理誉为中国巾帼英雄第一人,杰出的政治家和军事家,又称岭南圣母,名英。崖州政权的奠基人,为岭南地区持续百年的相对稳定。
4. 鉴真:唐朝僧人,也是日本佛教南山律学的开山祖师,著名医学家。应日本留学僧请求,先后六次东渡,弘扬佛法。

2018年4月13日

沁园春·云南千古情

茶马迷踪,
古道神奇,
后辈自豪。
忆春花秋月,
冬风夏日,
穿梭山岭,
飞渡江礁。
劈地雷鸣,
惊天雨聚,
阁老门前犹至交。
雄鹰汉,

夜寒朝北望,
誓不弯腰。

当年轶话常聊。
尽道是、途歌滇大翱。
看丽江王府,
腾冲洱海,
飞红野赋,
烁绿花飙。
通畅川流,
香飘四海,
路遇驼铃游客潮。
时今概,
有云风伴舞,
独领风骚。

注释:

茶马迷踪：指茶马古道。即存在于中国西南地区，以马帮为主要交通工具的民间国际商贸通道，是中国西南民族经济文化交流的走廊。茶马古道分川藏线、滇藏线两路。茶马古道源于古代西南边疆的茶马互市，兴于唐宋，盛于明清。其道曲折惊险，胜似过鬼门关。2013 年 3 月 5 日，茶马古道被国务院列为第七批全国重点文物保护单位。

2017 年 5 月 12 日

减字木兰花·一上金殿

归魂难忍。
小步怅然疑悔恨。
遥向南天。
合掌三声千泪怜。

红颜命苦。
乱世人生何自主。
影困山中。
只盼斜阳飘彩虹。

2015 年 8 月 6 日

苏幕遮·二上金殿

乱岩松,
青尾鸟。
各自悠闲,
李耳金台祷。
山寺清幽云缠绕。
仰看贤神,
恭敬人多少?

喜忧悲,
悲痛恼。
放眼天辰,
感慨山河小。
怯问生平何事好?
书五千言,
留送人间道。

注释:
1. 李耳:老子。
2. 五千言:即《道德经》,共五千字。

2015 年 10 月 15 日

水调歌头·三上金殿

身置凤山顶,
眼扫太和旒。
几排南雁,
鸣北云又变孤浮。
四季青藤依在,
一鼎滇西印耸,
景色算真牛。
更喜万花院,
红火辣心头。

穿古道,
少怀酒,
也风流。
山奇凉爽,
岩伴松鼠度春秋。
为了红颜一怒,
真是青黄莫辨,
话说太欺悠。
亭上似情海,
深处又前游。

注释:
1. 凤山:昆明东郊的鸣凤山麓。
2. 太和:建造在鸣凤山的太和宫。

2015 年 11 月 3 日

水调歌头·四上金殿

潇洒小宫殿,
威武大刀堂。
俊才吾友,
欢笑沿路急寻芳。
屡恋烟霞翠柳,
又拣枯藤落叶,
还探古城墙。
三桂怒红假,
终是笑资凉。

意正浓,
情未淡,
就清场。
龙潭陪去,
云雾盘绕显山茫。
寒菊争开枝艳,
芦苇风飞絮白,
竹苑越音伤。
听后寸心紧,
离别伴穷忙。

2015 年 11 月 22 日

后 记

　　几经反复,亏得编辑们不厌其烦,耐心指导,终成,付印。全身顿觉轻松。然而,静下来后,却仍有一种莫名的情绪油然而生,总觉得还可以做得更好。但理智告诉我,没有这一次,又何来的更好?于是,我带着欣慰的心情重新回到后记上。

　　这本诗词虽说篇章不多,但却是我近几年的生活写照。诗词中所描写的,基本上是我去过的地方。其间洋溢着各地的风土人情,也透露出我的向往和喜爱。无论是大地方,还是小地方,我都"看鹤远归乡,啸翔云霄外"。应该说,如愿了。虽说词中有"唯盼暮年阅尽、万村庄"的感慨,总体上是知足和感恩的。

　　为了这次的付印,小女儿忙前又忙后。在一次通话中我说"苦了小女儿",女儿回答说:"不苦,我是第一个看到诗词的人。"为这句话,我激动了好一阵子。由此联想,不知往后会有几人能翻一翻这本诗词,我期盼着!

2019 年 7 月 3 日于双港